KB110626

사슴

사슴

백석

안도현 엮음

白石

일러두기

1   백석이 의도적으로 사용했던 평북 방언은 가급적 살려 실었다.
2   띄어쓰기는 가능한 한 현재 우리의 기준을 따랐다.
3   풀이가 쉽지 않은 시어는 여러 연구자들의 해석 중에 적합하다고
    판단되는 것을 골라 실었고, 엮은이의 의견을 덧붙였다.
4   북한에서 발표한 시와 동시의 표기는 현재 우리의 기준대로 수정했으나
    뜻이 통하는 것은 그대로 두었다.

차례

3부   만주시편

4부　　북한에서 발표한 시와 동시

1부

『사슴』에서

가즈랑집

  승냥이가 새끼를 치는 전에는 쇠메 든 도적이 났다는
가즈랑고개

  가즈랑집은 고개 밑의
  산(山) 너머 마을서 도야지를 잃는 밤 즘생을 쫓는
깽제미¹⁾ 소리가 무섭게 들려오는 집
  닭 개 즘생을 못 놓는
  멧도야지와 이웃사춘을 지나는 집

  예순이 넘은 아들 없는 가즈랑집 할머니는 중같이 정해서
할머니가 마을을 가면 긴 담뱃대에 독하다는 막써레기²⁾를
몇 대라도 붙이라고 하며

  간밤엔 섬돌 아래 승냥이가 왔었다는 이야기
  어느메 산(山)골에선간 곰이 아이를 본다는 이야기

  나는 돌나물김치에 백설기를 먹으며
  옛말의 구신집에 있는 듯이
  가즈랑집 할머니
  내가 날 때 죽은 누이도 날 때
  무명필에 이름을 써서 백지 달아서 구신간시렁의
당즈깨³⁾에 넣어 대감님께 수영을 들였다⁴⁾는 가즈랑집

할머니
　언제나 병을 앓을 때면
　신장님 달련⁵⁾이라고 하는 가즈랑집 할머니
　구신의 딸이라고 생각하면 슬퍼졌다

　토끼도 살이 오른다는 때 아르대 즘퍼리⁶⁾에서
제비꼬리 마타리 쇠조지 가지쥐 고비 고사리 두릅순 회순
산(山)나물을 하는 가즈랑집 할머니를 따르며
　나는 벌써 달디단 물구지우림 둥굴네우림을 생각하고
　아직 멀은 도토리묵 도토리범벅까지도 그리워한다

　뒤울안 살구나무 아래서 광살구를 찾다가
　살구벼락을 맞고 울다가 웃는 나를 보고
　밑구멍에 털이 몇 자나 났나 보자고 한 것은 가즈랑집
할머니다
　찰복숭아를 먹다가 씨를 삼키고는 죽는 것만 같아 하루
종일 놀지도 못하고 밥도 안 먹은 것도
　가즈랑집에 마을을 가서
　당세⁷⁾ 먹은 강아지같이 좋아라고 집오래⁸⁾를
설레다⁹⁾가였다

14

여우난골족(族)

　명절날 나는 엄매 아배 따라 우리 집 개는 나를 따라
진할머니 진할아버지[10]가 있는 큰집으로 가면

　얼굴에 별 자국이 솜솜 난 말수와 같이 눈도 껌벅거리는
하루에 베 한 필을 짠다는 벌 하나 건너 집엔 복숭아나무가
많은 신리(新里) 고무 고무의 딸 이녀(李女) 작은이녀(李女)
　열여섯에 사십(四十)이 넘은 홀아비의 후처가 된
포족족하니 성이 잘 나는 살빛이 매감탕 같은 입술과
젖꼭지는 더 까만 예수쟁이 마을 가까이 사는 토산(土山)
고무 고무의 딸 승녀(承女) 아들 승(承)동이
　육십리(六十里)라고 해서 파랗게 뵈이는 산(山)을 넘어
있다는 해변에서 과부가 된 코끝이 빨간 언제나 흰옷이
정하던 말끝에 설게 눈물을 짤 때가 많은 큰골 고무 고무의
딸 홍녀(洪女) 아들 홍(洪)동이 작은홍(洪)동이
　배나무 접을 잘하는 주정을 하면 토방 돌을 뽑는
오리치를 잘 놓는 먼 섬에 반디젓 담그려 가기를 좋아하는
삼춘 삼춘엄매 사춘누이 사춘동생들

　이 그득히들 할머니 할아버지가 있는 안간에들 모여서
방안에서는 새 옷의 내음새가 나고
　또 인절미 송구떡 콩가루차떡의 내음새도 나고 끼때의
두부와 콩나물과 볶은 잔대[11]와 고사리와 도야지비계는

모두 선득선득하니 찬 것들이다

　저녁술을 놓은 아이들은 외양간 섶 밭마당에 달린
배나무 동산에서 쥐잡이를 하고 숨굴막질을 하고
꼬리잡이를 하고 가마 타고 시집가는 놀음 말 타고
장가가는 놀음을 하고 이렇게 밤이 어둡도록 북적하니 논다
　밤이 깊어가는 집안엔 엄매는 엄매들끼리 아르간에서들
웃고 이야기하고 아이들은 아이들끼리 웃간 한 방을
잡고 조아질[12] 하고 쌈방이 굴리고[13] 바리깨돌림[14] 하고
호박떼기[15] 하고 제비손이구손이 하고 이렇게 화디[16]의
사기방등에 심지를 몇 번이나 돋구고 홍게닭이 몇 번이나
울어서 졸음이 오면 아릇목싸움 자리싸움을 하며
히드득거리다 잠이 든다 그래서는 문창에 텅납새[17]의
그림자가 치는 아츰 시누이 동세들이 욱적하니 홍성거리는
부엌으론 샛문 틈으로 장지문 틈으로 무이징게국[18]을
끓이는 맛있는 내음새가 올라오도록 잔다

16

고방

　낡은 질동이에는 갈 줄 모르는 늙은 집난이[19]같이
송구떡이 오래도록 남아 있었다

　오지항아리에는 삼춘이 밥보다 좋아하는 찹쌀탁주가
있어서
　삼춘의 임내[20]를 내어가며 나와 사춘은 시큼털털한 술을
잘도 채어 먹었다

　제삿날이면 귀머거리 할아버지 가에서 왕밤을 밝고
싸리꼬치에 두부산적을 께었다

　손자아이들이 파리 떼같이 모이면 곰의 발 같은 손을
언제나 내어둘렀다

　구석의 나무 말쿠지[21]에 할아버지가 삼는 소신 같은
짚신이 둑둑이 걸리어도 있었다

　옛말이 사는 컴컴한 고방의 쌀독 뒤에서 나는 저녁
끼때에 부르는 소리를 듣고도 못 들은 척하였다

모닥불

새끼오리도 헌신짝도 소똥도 갓신창도 개니빠디도
너울쪽도 짚검불도 가락닢도 머리카락도 헝겊조각도
막대꼬치도 기왓장도 닭의 짗도 개터럭도 타는 모닥불

재당[22]도 초시[23]도 문장(門長)[24] 늙은이도 더부살이
아이도 새사위도 갓사둔도 나그네도 주인도 할아버지도
손자도 붓장사도 땜쟁이도 큰 개도 강아지도 모두 모닥불을
쪼인다

모닥불은 어려서 우리 할아버지가 어미 아비 없는 서러운
아이로 불상하니도 몽둥발이[25]가 된 슬픈 역사가 있다

고야(古夜)

　아배는 타관 가서 오지 않고 산(山)비탈 외따른
집에 엄매와 나와 단둘이서 누가 죽이는 듯이 무서운
밤 집 뒤로는 어느 산(山)골짜기에서 소를 잡아먹는
노나리꾼[26]들이 도적놈들같이 쿵쿵거리며 다닌다

　날기멍석[27]을 져 간다는 닭 보는 할미를 차 굴린다는
땅 아래 고래 같은 기와집에는 언제나 니차떡에 청밀[28]에
은금보화가 그득하다는 외발 가진 조마구[29] 뒷산(山)
어느메도 조마구네 나라가 있어서 오줌 누러 깨는 재밤[30]
머리맡의 문살에 대인 유리창으로 조마구 군병의 새까만
대가리 새까만 눈알이 들여다보는 때 나는 이불 속에
자즈러붙어 숨도 쉬지 못한다

　또 이러한 밤 같은 때 시집갈 처녀 막내고무가 고개 너머
큰집으로 치장감을 가지고 와서 엄매와 둘이 소기름에
쌍심지의 불을 밝히고 밤이 들도록 바느질을 하는 밤
같은 때 나는 아룻목의 삿귀[31]를 들고 쇠든 밤을 내어
다람쥐처럼 밝아 먹고 은행여름[32]을 인두 불에 구워도
먹고 그러다는 이불 위에서 광대넘이를 뒤이고 또 누워
굴면서 엄매에게 윗목에 두른 평풍의 새빨간 천두의
이야기를 듣기도 하고 고무더러는 밝는 날 멀리는 못 난다는
뫼추라기를 잡아 달라고 조르기도 하고

내일같이 명절날인 밤은 부엌에 쩨듯하니 불이 밝고
솥뚜껑이 놀으며 구수한 내음새 곰국이 무르끓고
방안에서는 일가집 할머니가 와서 마을의 소문을 펴며
조개송편에 달송편에 쮠두기송편에 떡을 빚는 곁에서 나는
밤소 팥소 설탕 든 콩가루소를 먹으며 설탕 든 콩가루소가
가장 맛있다고 생각한다
　나는 얼마나 반죽을 주무르며 흰 가루손이 되어 떡을
빚고 싶은지 모른다

　섣달에 냅일날[33]이 들어서 냅일날 밤에 눈이 오면 이
밤엔 쌔하얀 할미귀신의 눈귀신도 냅일눈[34]을 받노라
못 난다는 말을 든든히 여기며 엄매와 나는 앙궁 위에
떡돌 위에 곱새담[35] 위에 함지에 버치[36]며 대낭푼을 놓고
치성이나 드리듯이 정한 마음으로 냅일눈 약눈을 받는다
　이 눈세기물[37]을 냅일물이라고 제주병에 진상항아리에
채워 두고는 해를 묵혀가며 고뿔이 와도 배앓이를 해도
갑피기[38]를 앓아도 먹을 물이다

오리 망아지 토끼

    오리치를 놓으려 아배는 논으로 나려간 지 오래다
    오리는 동비탈에 그림자를 떨어트리며 날아가고 나는
동말랭이에서 강아지처럼 아배를 부르며 울다가
    시악이 나서는 등 뒤 개울물에 아배의 신짝과 버선목과
대님오리를 모다 던져버린다

    장날 아츰에 앞 행길로 엄지[39] 따라 지나가는 망아지를
내라고 나는 조르면
    아배는 행길을 향해서 크다란 소리로
    — 매지[40]야 오나라
    — 매지야 오나라

    새하려[41] 가는 아배의 지게에 치워 나는 산(山)으로 가며
토끼를 잡으리라고 생각한다
    맞구멍 난 토끼 굴을 아배와 내가 막아서면 언제나 토끼
새끼는 내 다리 아래로 달아났다
    나는 서글퍼서 서글퍼서 울상을 한다

하답(夏畓)

　짝새가 발뿌리에서 닐은 논두렁에서 아이들은 개구리의
뒷다리를 구워 먹었다

　게구멍을 쑤시다 물쿤하고 배암을 잡은 늪의 피 같은
물이끼에 햇볕이 따가웠다

　돌다리에 앉아 날버들치를 먹고 몸을 말리는 아이들은
물총새가 되었다

주막(酒幕)

　호박닢에 싸 오는 붕어곰[42]은 언제나 맛있었다

　부엌에는 빨갛게 질들은 팔(八)모알 상이 그 상 위엔 새파란 싸리를 그린 눈알만 한 잔(盞)이 뵈였다

　아들아이는 범이라고 장고기를 잘 잡는 앞니가 뻐드러진 나와 동갑이었다

　울파주 밖에는 장꾼들을 따라와서 엄지의 젖을 빠는 망아지도 있었다

적경(寂境)

신 살구를 잘도 먹더니 눈 오는 아츰
나어린 안해는 첫아들을 낳았다

인가(人家) 멀은 산(山)중에
까치는 배나무에서 즞는다

컴컴한 부엌에서는 늙은 홀아비의 시아부지가 미역국을
끓인다
그 마을의 외따른 집에서도 산국을 끓인다

산(山)비

산(山)뽕닢에 빗방울이 친다
멧비둘기가 닌다
나무등걸에서 자벌기[43)가 고개를 들었다 멧비둘기 켠을
본다

여승(女僧)

여승(女僧)은 합장(合掌)하고 절을 했다
가지취의 내음새가 났다
쓸쓸한 낮이 옛날같이 늙었다
나는 불경(佛經)처럼 서러워졌다

평안도(平安道)의 어느 산(山) 깊은 금덤판
나는 파리한 여인(女人)에게서 옥수수를 샀다
여인(女人)은 나어린 딸아이를 따리며 가을밤같이 차게
울었다

섶벌같이 나아간 지아비 기다려 십년(十年)이 갔다
지아비는 돌아오지 않고
어린 딸은 도라지꽃이 좋아 돌무덤으로 갔다

산(山)꿩도 설게 울은 슬픈 날이 있었다
산(山)절의 마당귀에 여인(女人)의 머리오리가 눈물방울과
같이 떨어진 날이 있었다

수라(修羅)

거미 새끼 하나 방바닥에 나린 것을 나는 아무 생각 없이
문밖으로 쓸어버린다
차디찬 밤이다

어느젠가 새끼 거미 쓸려 나간 곳에 큰 거미가 왔다
나는 가슴이 짜릿한다
나는 또 큰 거미를 쓸어 문밖으로 버리며
찬 밖이라도 새끼 있는 데로 가라고 하며 서러워한다

이렇게 해서 아린 가슴이 싹기도 전이다
어디서 좁쌀알만 한 알에서 가제 깨인 듯한 발이 채
서지도 못한 무척 적은 새끼 거미가 이번엔 큰 거미 없어진
곳으로 와서 아물거린다
나는 가슴이 메이는 듯하다
내 손에 오르기라도 하라고 나는 손을 내어 미나 분명히
울고불고할 이 작은 것은 나를 무서우이 달아나버리며 나를
서럽게 한다
나는 이 작은 것을 고이 보드라운 종이에 받아 또
문밖으로 버리며
이것의 엄마와 누나나 형이 가까이 이것의 걱정을 하며
있다가 쉬이 만나기나 했으면 좋으련만 하고 슬퍼한다

비

아카시아들이 언제 흰 두레방석을 깔았나
어데서 물쿤 개비린내가 온다

노루

산(山)골에서는 집터를 츠고 달궤[44]를 닦고
보름달 아래서 노루고기를 먹었다

절간의 소 이야기

병이 들면 풀밭으로 가서 풀을 뜯는 소는 인간(人間)보다
영(靈)해서 열 걸음 안에 제 병을 낫게 할 약(藥)이 있는
줄을 안다고

수양산(首陽山)의 어느 오래된 절에서 칠십(七十)이 넘은
로장은 이런 이야기를 하며 치맛자락의 산(山)나물을 추었다

통영(統營)

옛날엔 통제사(統制使)가 있었다는 낡은 항구(港口)의
처녀들에겐 옛날이 가지 않은 천희(千姬)라는 이름이 많다
　미역오리같이 말라서 굴껍지처럼 말없이 사랑하다
죽는다는
　이 천희(千姬)의 하나를 나는 어느 오랜 객주(客主)집의
생선 가시가 있는 마루방에서 만났다
　저문 유월(六月)의 바닷가에선 조개도 울을 저녁
소라방등이 불그레한 마당에 김 냄새 나는 비가 나렸다

오금덩이라는 곳

어스름저녁 국수당 돌각담의 수무나무 가지에 녀귀의
탱을 걸고 나물매 갖추어놓고 비난수[45]를 하는 젊은
새악시들
— 잘 먹고 가라 서리서리 물러가라 네 소원 풀었으니
다시 침노 말아라

벌개늪역에서 바리깨를 뚜드리는 쇳소리가 나면
누가 눈을 앓아서 부증이 나서 찰거머리를 부르는 것이다
마을에서는 피 성한[46] 눈슭[47]에 저린 팔다리에 거머리를
붙인다

여우가 우는 밤이면
잠 없는 노친네들은 일어나 팥을 깔이며 방뇨를 한다
여우가 주둥이를 향하고 우는 집에서는 다음날 으레히
흉사가 있다는 것은 얼마나 무서운 말인가

시기(柿崎)[48]의 바다

저녁밥 때 비가 들어서
바다엔 배와 사람이 흥성하다

참대창에 바다보다 푸른 고기가 께우며 섬돌에 곱조개가
붙는 집의 복도에서는 배창에 고기 떨어지는 소리가 들렸다

이즉하니 물기에 누굿이 젖은 왕구새자리에서 저녁상을
받은 가슴 앓는 사람은 참치회를 먹지 못하고 눈물겨웠다

어둑한 기슭의 행길에 얼굴이 해쓱한 처녀가 새벽달같이
아 아즈내[49]인데 병인(病人)은 미역 냄새 나는 덧문을
닫고 버러지같이 누웠다

정주성(定州城)

산(山)턱 원두막은 뷔였나 불빛이 외롭다
헝겊심지에 아즈까리 기름의 쪼는 소리가 들리는 듯하다

잠자리 조을든 무너진 성(城)터
반딧불이 난다 파란 혼(魂)들 같다
어데서 말 있는 듯이 크다란 산(山)새 한 마리 어두운
골짜기로 난다

헐리다 남은 성문(城門)이
한울빛같이 훤하다
날이 밝으면 또 메기수염의 늙은이가 청배를 팔러 올
것이다

정문촌(旌門村)

주홍칠이 날은[50] 정문(旌門)이 하나 마을 어구에 있었다

'효자노적지지정문(孝子盧迪之之旌門)' — 먼지가 겹겹이
앉은 목각(木刻)의 액(額)에
나는 열 살이 넘도록 갈지자(字) 둘을 웃었다

아카시아꽃의 향기가 가득하니 꿀벌들이 많이 날아드는
아츰
구신은 없고 부엉이가 담벽을 띠쫗고[51] 죽었다

기왓골에 배암이 푸르스름히 빛난 달밤이 있었다
아이들은 쪽재피같이 먼 길을 돌았다

정문(旌門)집 가난이는 열다섯에
늙은 말꾼한테 시집을 갔겄다

여우난골

박을 삶는 집
할아버지와 손자가 오른 지붕 위에 한울빛이 진초록이다
우물의 물이 쓸 것만 같다

마을에서는 삼굿[52]을 하는 날
건넌마을서 사람이 물에 빠져 죽었다는 소문이 왔다

노란 싸릿닢이 한불 깔린 토방에 햇츩방석을 깔고
나는 호박떡을 맛있게도 먹었다

어치라는 산(山)새는 벌배[53] 먹어 고읍다는 골에서 돌배
먹고 아픈 배를 아이들은 떨배[54] 먹고 나았다고 하였다

삼방(三防)[55]

갈부던[56] 같은 약수(藥水)터의 산(山)거리엔 나무그릇과
다래나무지팡이가 많다

산(山) 너머 시오리(十五里)서 나무뒝치[57] 차고 싸리신
신고 산(山)비에 촉촉이 젖어서 약(藥)물을 받으려 오는 두멧
아이들도 있다

아랫마을에서는 애기무당이 작두를 타며 굿을 하는 때가
많다

2부

통영, 그리고 함흥시편

통영(統營)

구마산(舊馬山)의 선창에선 좋아하는 사람이 울며 나리는
배에 올라서 오는 물길이 반날
갓[58] 나는 고당은 갓 갓기도[59] 하다

바람 맛도 짭짤한 물맛도 짭짤한

전북에 해삼에 도미 가재미의 생선이 좋고
파래에 아개미에 호루기의 젓갈이 좋고

새벽녘의 거리엔 쾅쾅 북이 울고
밤새껏 바다에선 뿡뿡 배가 울고

자다가도 일어나 바다로 가고 싶은 곳이다

집집이 아이만 한 피도 안 간 대구를 말리는 곳
황화장사 령감이 일본말을 잘도 하는 곳
처녀들은 모두 어장주(漁場主)한테 시집을 가고 싶어
한다는 곳
산(山) 너머로 가는 길 돌각담에 갸웃하는 처녀는
금(錦)이라던 이 같고
내가 들은 마산(馬山) 객주(客主)집의 어린 딸은
난(蘭)이라는 이 같고

난(蘭)이라는 이는 명정(明井)골에 산다던데

명정(明井)골은 산(山)을 넘어 동백(冬柏)나무 푸르른
감로(甘露) 같은 물이 솟는 명정(明井) 샘이 있는 마을인데

샘터엔 오구작작 물을 깃는 처녀며 새악시들 가운데 내가
좋아하는 그이가 있을 것만 같고

내가 좋아하는 그이는 푸른 가지 붉게 붉게 동백(冬柏)꽃
피는 철엔 타관 시집을 갈 것만 같은데

긴 토시 끼고 큰머리 얹고 오불고불 넘엣거리로 가는
여인(女人)은 평안도(平安道)서 오신 듯한데 동백(冬柏)꽃
피는 철이 그 언제요

옛 장수 모신 낡은 사당의 돌층계에 주저앉아서 나는 이
저녁 울 듯 울 듯 한산도(閑山島) 바다에 뱃사공이 되어가며

녕 낮은 집 담 낮은 집 마당만 높은 집에서 열나흘 달을
업고 손방아만 찧는 내 사람을 생각한다.

오리

오리야 네가 좋은 청명(淸明) 밑께 밤은
옆에서 누가 뺨을 쳐도 모르게 어둡다누나
오리야 이때는 따디기[60]가 되어 어둡단다

아무리 밤이 좋은들 오리야
해변 벌에선 얼마나 너희들이 욱자지껄하며 멕이기에[61]
해변 땅에 나들이 갔던 할머니는
오리 새끼들은 장몽이[62]나 하듯이 떠들썩하니
시끄럽기도 하더란 숭인가

그래도 오리야 호젓한 밤길을 가다
가까운 논배미들에서
까알까알 하는 너희들의 즐거운 말소리가 나면
나는 내 마을 그 아는 사람들의 지껄지껄하는
말소리같이 반가웁고나
오리야 너희들의 이야기판에 나도 들어
밤을 같이 밝히고 싶구나

오리야 나는 네가 좋구나 네가 좋아서
벌논의 늪 옆에 쭈구렁벼알 달린 짚검불을 널어놓고
닭이 짖 올코[63]에 새끼달은치[64]를 묻어놓고
동둑 넘에 숨어서

하로 진일 너를 기다린다

오리야 고운 오리야 가만히 안겼거라
너를 팔아 술을 먹는 노(盧)장에 령감은
홀아비 소의연[65] 침을 놓는 령감인데
나는 너를 백통전 하나 주고 사오누나

나를 생각하던 그 무당의 딸은 내 어린 누이에게
오리야 너를 한 쌍 주더니
어린 누이는 없고 저는 시집을 갔다건만
오리야 너는 한 쌍이 날아가누나

연자간

달빛도 거지도 도적개도 모다 즐겁다
풍구재도 얼럭소도 쇠드랑볕[66]도 모다 즐겁다

도적괭이 새끼락이 나고
살진 쪽제비 트는 기지개 길고

홰냥닭은 알을 낳고 소리치고
강아지는 겨를 먹고 오줌 싸고

개들은 게모이고[67] 쌈지거리하고
놓여난 도야지 둥구재벼오고[68]

송아지 잘도 놀고
까치 보해[69] 짖고

신영길 말이 울고 가고
장돌림 당나귀도 울고 가고

대들보 위에 베틀도 채일도 토리개[70]도 모도들 편안하니
구석구석 후치[71]도 보십도 소시랑도 모도들 편안하니

이두국주가도(伊豆國湊街道)⁷²⁾

옛적본의 휘장마차에
어느메 촌중의 새 새악시와도 함께 타고
먼 바닷가의 거리로 간다는데
금귤이 눌한 마을 마을을 지나가며
싱싱한 금귤을 먹는 것은 얼마나 즐거운 일인가

창원도(昌原道)

— 남행시초(南行詩抄) 1

솔포기에 숨었다
토끼나 꿩을 놀래주고 싶은 산(山)허리의 길은

엎데서 따스하니 손 녹이고 싶은 길이다

개 데리고 호이호이 휘파람 불며
시름 놓고 가고 싶은 길이다

괴나리봇짐 벗고 땃불⁷³⁾ 놓고 앉아
담배 한 대 피우고 싶은 길이다

승냥이 줄레줄레 달고 가며
덕신덕신 이야기하고 싶은 길이다

더꺼머리 총각은 정든 님 업고 오고 싶을 길이다

통영(統營)

― 남행시초(南行詩抄) 2

통영(統營)장 낫대들었다[74]

갓 한 닢 쓰고 건시 한 접 사고 홍공단 단기 한 감 끊고
술 한 병 받아 들고

화륜선 만져보려 선창 갔다

오다 가수내 들어가는 주막 앞에
문둥이 품바타령 듣다가

열이레 달이 올라서
나룻배 타고 판데목 지나간다 간다

― 서병직(徐丙織) 씨에게

고성가도(固城街道)

― 남행시초(南行詩抄) 3

고성(固城)장 가는 길
해는 둥둥 높고

개 하나 얼린하지 않는 마을은
해바른 마당귀에 맷방석 하나
빨갛고 노랗고
눈이 시울은[75] 곱기도 한 건반밥
아 진달래 개나리 한창 피었구나

가까이 잔치가 있어서
곱디고운 건반밥[76]을 말리우는 마을은
얼마나 즐거운 마을인가

어쩐지 당홍치마 노란저고리 입은 새악시들이
웃고 살을 것만 같은 마을이다

삼천포(三千浦)

— 남행시초(南行詩抄) 4

졸레졸레 도야지 새끼들이 간다
귀밑이 재릿재릿하니 볕이 담복 따사로운 거리다

잿더미에 까치 오르고 아이 오르고 아지랑이 오르고

해바라기하기 좋을 볏 곡간 마당에
볏짚같이 누우란 사람들이 둘러서서
어느 눈 오신 날 눈을 츠고 생긴 듯한 말다툼 소리도
누우라니

소는 기르매[77) 지고 조은다

아 모도들 따사로이 가난하니

함주시초(咸州詩抄)

북관(北關)

명태(明太) 창난젓에 고추무거리에 막칼질한 무이를 뷔벼
익힌 것을
이 투박한 북관(北關)을 한없이 끼밀고 있노라면
쓸쓸하니 무릎은 꿇어진다

시큼한 배척한 퀴퀴한 이 내음새 속에
나는 가느슥히 여진(女眞)의 살 내음새를 맡는다

얼근한 비릿한 구릿한 이 맛 속에선
까마득히 신라(新羅) 백성의 향수(鄕愁)도 맛본다

노루

장진(長津) 땅이 지붕 넘에 넘석하는 거리다
자구나무 같은 것도 있다
기장감주에 기장차떡이 흔한데다
이 거리에 산골 사람이 노루 새끼를 다리고 왔다

산골 사람은 막베등거리 막베잠방둥에를 입고
노루 새끼를 닮았다

노루 새끼 등을 쓸며
터 앞에 당콩순을 다 먹었다 하고
서른닷 냥 값을 부른다
노루 새끼는 다문다문 흰 점이 백이고 배 안의 털을
너슬너슬 벗고
산골 사람을 닮았다

산골 사람의 손을 핥으며
약자에 쓴다는 흥정 소리를 듣는 듯이
새까만 눈에 하이얀 것이 가랑가랑하다

고사(古寺)

부뚜막이 두 길이다
이 부뚜막에 놓인 사닥다리로 자박수염 난 공양주는
성궁미를 지고 오른다

한 말 밥을 한다는 크나큰 솥이
외면하고 가부 틀고 앉아서 염주도 세일 만하다

화라지송침[78]이 단채로 들어간다는 아궁지
이 험상궂은 아궁지도 조앙님은 무서운가 보다

농마루며 바람벽은 모두들 그느슥히
흰밥과 두부와 튀각과 자반을 생각나 하고

하펌도 남즉하니 불기와 유종들이
묵묵히 팔짱 끼고 쭈그리고 앉았다

재 안 드는 밤은 불도 없이 캄캄한 까막나라에서
조앙님은 무서운 이야기나 하면
모두들 죽은 듯이 엎데였다 잠이 들 것이다

(귀주사(歸州寺) — 함경도(咸鏡道) 함주군(咸州郡))

선우사(膳友辭)

낡은 나조반에 흰밥도 가재미도 나도 나와 앉아서
쓸쓸한 저녁을 맞는다

흰밥과 가재미와 나는
우리들은 그 무슨 이야기라도 다 할 것 같다
우리들은 서로 미덥고 정답고 그리고 서로 좋구나

우리들은 맑은 물밑 해정한 모래톱에서 하구 긴 날을

모래알만 헤이며 잔뼈가 굵은 탓이다
　바람 좋은 한 벌판에서 물닭이 소리를 들으며 단이슬
먹고 나이 들은 탓이다
　외따른 산골에서 소리개 소리 배우며 다람쥐 동무하고
자라난 탓이다

　우리들은 모두 욕심이 없어 희어졌다
　착하디착해서 세괏은[79) 가시 하나 손아귀 하나 없다
　너무나 정갈해서 이렇게 파리했다

　우리들은 가난해도 서럽지 않다
　우리들은 외로워할 까닭도 없다
　그리고 누구 하나 부럽지도 않다

　흰밥과 가재미와 나는
　우리들이 같이 있으면
　세상 같은 건 밖에 나도 좋을 것 같다

산곡(山谷)

　돌각담에 머루송이 깜하니 익고
　자갈밭에 아즈까리 알이 쏟아지는

잠풍하니[80] 볕바른 골짝이다
나는 이 골짝에서 한겨울을 나려고 집을 한 채 구하였다

집이 몇 집 되지 않는 골 안은
모두 터앝에 김장감이 퍼지고
뜨락에 잡곡낟가리가 쌓여서
어느 세월에 뷔일 듯한 집은 뷔이지 않았다
나는 자꾸 골 안으로 깊이 들어갔다

골이 다한 산대 밑에 자그마한 돌능와집이 한 채 있어서
이 집 남길동 단 안주인은 겨울이면 집을 내고
산을 돌아 거리로 내려간다는 말을 하는데
해바른 마당에는 꿀벌이 스무나문 통 있었다

낮 기울은 날을 햇볕 장글장글한 툇마루에 걸어앉아서
  지난여름 도락구를 타고 장진(長津) 땅에 가서 꿀을 치고
돌아왔다는 이 벌들을 바라보며 나는
  날이 어서 추워져서 쑥국화꽃[81]도 시들고
  이 바즈런한 백성들도 다 제 집으로 들은 뒤에
  이 골 안으로 올 것을 생각하였다

바다

바닷가에 왔더니
바다와 같이 당신이 생각만 나는구려
바다와 같이 당신을 사랑하고만 싶구려

구붓하고 모래톱을 오르면
당신이 앞선 것만 같구려
당신이 뒤선 것만 같구려

그리고 지중지중 물가를 거닐면
당신이 이야기를 하는 것만 같구려
당신이 이야기를 끊은 것만 같구려

바닷가는
개지꽃[82)]에 개지 아니 나오고
고기비늘에 하이얀 햇볕만 쇠리쇠리하여
어쩐지 쓸쓸만 하구려 섧기만 하구려

산중음(山中吟)

산숙(山宿)

여인숙(旅人宿)이라도 국숫집이다
모밀가루 포대가 그득하니 쌓인 웃간은 들믄들믄
더웁기도 하다
나는 낡은 국수분틀과 그즈런히 나가 누워서
구석에 데굴데굴하는 목침(木枕)들을 베어보며
이 산(山)골에 들어와서 이 목침(木枕)들에 새까마니 때를
올리고 간 사람들을 생각한다
그 사람들의 얼굴과 생업(生業)과 마음들을 생각해 본다

향악(鄉樂)

초생달이 귀신불같이 무서운 산(山)골 거리에선
처마 끝에 종이등의 불을 밝히고
쩌락쩌락 떡을 친다
감자떡이다
이젠 캄캄한 밤과 개울물 소리만이다

야반(夜半)

토방에 승냥이 같은 강아지가 앉은 집

부엌으론 무럭무럭 하이얀 김이 난다
자정도 활씬 지났는데
닭을 잡고 모밀국수를 누른다고 한다
어느 산(山) 옆에선 캥캥 여우가 운다

백화(白樺)

산골 집은 대들보도 기둥도 문살도 자작나무다
밤이면 캥캥 여우가 우는 산(山)도 자작나무다
그 맛있는 모밀국수를 삶는 장작도 자작나무다
그리고 감로(甘露)같이 단 샘이 솟는 박우물도
자작나무다
산(山) 너머는 평안도(平安道) 땅도 뵈인다는 이
산(山)골은 온통 자작나무다

나와 나타샤와 흰 당나귀

가난한 내가
아름다운 나타샤를 사랑해서
오늘밤은 푹푹 눈이 나린다

나타샤를 사랑은 하고
눈은 푹푹 날리고
나는 혼자 쓸쓸히 앉아 소주(燒酒)를 마신다
소주(燒酒)를 마시며 생각한다
나타샤와 나는
눈이 푹푹 쌓이는 밤 흰 당나귀 타고
산골로 가자 출출이[83] 우는 깊은 산골로 가 마가리[84]에
살자

눈은 푹푹 나리고
나는 나타샤를 생각하고
나타샤가 아니 올 리 없다
언제 벌써 내 속에 고조곤히 와 이야기한다
산골로 가는 것은 세상한테 지는 것이 아니다
세상 같은 건 더러워 버리는 것이다

눈은 푹푹 나리고
아름다운 나타샤는 나를 사랑하고

어디서 흰 당나귀도 오늘밤이 좋아서 응앙응앙 울을
것이다

석양(夕陽)

거리는 장날이다
장날 거리에 녕감들이 지나간다
녕감들은
말상을 하였다 범상을 하였다 쪽재피상을 하였다
개발코를 하였다 안장코를 하였다 질병코를 하였다
그 코에 모두 학실[85]을 썼다
돌체 돋보기다 대모체 돋보기다 로이도 돋보기다
녕감들은 유리창 같은 눈을 번득거리며
투박한 북관(北關) 말을 떠들어대며
쇠리쇠리한 저녁 해 속에
사나운 즘생같이들 사라졌다

고향(故鄕)

　　나는 북관(北關)에 혼자 앓아누워서
　　어느 아츰 의원(醫員)을 뵈이었다
　　의원(醫員)은 여래(如來) 같은 상을 하고 관공(關公)의
수염을 드리워서
　　먼 옛적 어느 나라 신선 같은데
　　새끼손톱 길게 돋은 손을 내어
　　묵묵하니 한참 맥을 짚더니
　　문득 물어 고향(故鄕)이 어데냐 한다
　　평안도(平安道) 정주(定州)라는 곳이라 한즉
　　그러면 아무개 씨(氏) 고향(故鄕)이란다
　　그러면 아무개 씰(氏) 아느냐 한즉
　　의원(醫員)은 빙긋이 웃음을 띠고
　　막역지간(莫逆之間)이라며 수염을 쓴다
　　나는 아버지로 섬기는 이라 한즉
　　의원(醫員)은 또다시 넌즈시 웃고
　　말없이 팔을 잡아 맥을 보는데
　　손길은 따스하고 부드러워
　　고향(故鄕)도 아버지도 아버지의 친구도 다 있었다

절망(絶望)

북관(北關)에 계집은 튼튼하다
북관(北關)에 계집은 아름답다
아름답고 튼튼한 계집은 있어서
흰 저고리에 붉은 길동을 달아
검정치마에 받쳐 입은 것은
나의 꼭 하나 즐거운 꿈이었더니
어느 아츰 계집은
머리에 무거운 동이를 이고
손에 어린것의 손을 끌고
가펴러운 언덕길을
숨이 차서 올라갔다
나는 한종일 서러웠다

외갓집

　내가 언제나 무서운 외갓집은

　초저녁이면 안팎 마당이 그득하니 하이얀 나비수염을
물은 보득지근한[86] 복쪽재비들이 씨굴씨굴 모여서는 쨩쨩
쨩쨩 쇳스럽게 울어대고

　밤이면 무엇이 기왓골에 무릿돌을 던지고 뒤울안
배나무에 쩨듯하니 줄등을 헤여 달고 부뚜막의 큰 솥
적은 솥을 모주리 뽑아놓고 재통[87]에 간 사람의 목덜미를
그냥그냥 나려 눌러선 잿다리 아래로 처박고

　그리고 새벽녘이면 고방 시렁에 채국채국 얹어 둔 모랭이
목판 시루며 함지가 땅바닥에 넘너른히 널리는 집이다

내가 생각하는 것은

밖은 봄철 날 따디기의 누굿하니 푹석한 밤이다
거리에는 사람도 많이 나서 흥성흥성할 것이다
어쩐지 이 사람들과 친하니 싸다니고 싶은 밤이다

그렇건만 나는 하이얀 자리 위에서 마른 팔뚝의
새파란 핏대를 바라보며 나는 가난한 아버지를
가진 것과 내가 오래 그려오던 처녀가 시집을 간 것과
그렇게도 살틀하던 동무가 나를 버린 일을 생각한다

또 내가 아는 그 몸이 성하고 돈도 있는 사람들이
즐거이 술을 먹으려 다닐 것과
내 손에는 신간서(新刊書) 하나도 없는 것과
그리고 그 '아서라 세상사(世上事)'라도 들을
유성기도 없는 것을 생각한다

그리고 이러한 생각이 내 눈가를 내 가슴가를
뜨겁게 하는 것도 생각한다

내가 이렇게 외면하고

　내가 이렇게 외면하고 거리를 걸어가는 것은 잠풍 날씨가
너무나 좋은 탓이고
　가난한 동무가 새 구두를 신고 지나간 탓이고 언제나
꼭같은 넥타이를 매고 고운 사람을 사랑하는 탓이다

　내가 이렇게 외면하고 거리를 걸어가는 것은 또 내 많지
못한 월급이 얼마나 고마운 탓이고
　이렇게 젊은 나이로 코밑수염도 길러보는 탓이고 그리고
어느 가난한 집 부엌으로 달재[88) 생선을 진장에 꼿꼿이
지진 것은 맛도 있다는 말이 자꾸 들려오는 탓이다

물닭의 소리

삼호(三湖)

문기슭에 바다 해 자를 까꾸로 붙인 집
산듯한 청삿자리 위에서 찌륵찌륵
우는 전북회를 먹어 한여름을 보낸다

이렇게 한여름을 보내면서 나는 하늘이는
물살에 나이금이 느는 꽃조개와 함께
허리도리가 굵어가는 한 사람을 연연해한다

물계리(物界里)

물밑 — 이 세모래 닌함박⁸⁹⁾은 콩조개만 일다
모래장변 — 바다가 널어놓고 못 미더워 드나드는 명주
필을 짓궂이 발뒤축으로 찢으면
날과 씨는 모두 양금줄이 되어 짜랑짜랑 울었다

대산동(大山洞)

비애고지 비애고지는
제비⁹⁰⁾야 네 말이다
저 건너 노루섬에 노루 없더란 말이지

신미두 삼각산엔 가무래기만 나더란 말이지

비얘고지 비얘고지는
제비야 네 말이다
푸른 바다 흰 한울이 좋기도 좋단 말이지
해밝은 모래장변에 돌비 하나 섰단 말이지

비얘고지 비얘고지는
제비야 네 말이다
눈 빨갱이 갈매기 발 빨갱이 갈매기 가란 말이지
승냥이처럼 우는 갈매기
무서워 가란 말이지

남향(南鄕)

푸른 바닷가의 하이얀 하이얀 길이다

아이들은 늘늘히 청대나무말을 몰고
대모풍잠[91] 한 늙은이 또요 한 마리를 드리우고 갔다

이 길이다
얼마 가서 감로(甘露) 같은 물이 솟는 마을 하이얀

회담벽에 옛적본의 장반시계를 걸어놓은 집 홀어미와 사는
물새 같은 외딸의 혼삿말이 아즈랑이같이 낀 곳은

야우소회(夜雨小懷)

캄캄한 비 속에
새빨간 달이 뜨고
하이얀 꽃이 피고
먼바루 개가 짖는 밤은
어데서 물외 내음새 나는 밤이다

캄캄한 비 속에
새빨간 달이 뜨고
하이얀 꽃이 피고
먼바루 개가 짖고
어데서 물외 내음새 나는 밤은

나의 정다운 것들 가지 명태 노루 뫼추리 질동이
노랑나뷔 바구지꽃 모밀국수 남치마 자개짚세기 그리고
천희(千姬)라는 이름이 한없이 그리워지는 밤이로구나

꼴두기

신새벽 들망에
내가 좋아하는 꼴두기가 들었다
갓 쓰고 사는 마음이 어진데
새끼 그물에 걸리는 건 어인 일인가

갈매기 날아온다

입으로 먹을 뿜는 건
몇십 년 도를 닦아 피는 조환가
앞뒤로 가기를 마음대로 하는 건
손자(孫子)의 병서(兵書)도 읽은 것이다
갈매기 쭝얼댄다

그러나 시방 꼴두기는 배창에 너부러져 새 새끼 같은
울음을 우는 곁에서
  뱃사람들의 언젠가 아홉이서 회를 쳐 먹고도 남아 한
깃씩 노나 가지고 갔다는 크디큰 꼴두기의 이야기를 들으며
나는 슬프다

갈매기 날어난다

70

가무래기의 낙(樂)

가무락조개 난 뒷간거리에
빚을 얻으려 나는 왔다
빚이 안 되어 가는 탓에
가무래기도 나도 모도 춥다
추운 거리의 그도 추운 능당[92] 쪽을 걸어가며
내 마음은 우쭐댄다 그 무슨 기쁨에 우쭐댄다
이 추운 세상의 한구석에
맑고 가난한 친구가 하나 있어서
내가 이렇게 추운 거리를 지나온 걸
얼마나 기뻐하며 락단하고[93]
그즈런히 손깍지베개하고 누워서
이 못된 놈의 세상을 크게 크게 욕할 것이다

멧새 소리

처마 끝에 명태(明太)를 말린다
명태(明太)는 꽁꽁 얼었다
명태(明太)는 길다랗고 파리한 물고긴데
꼬리에 길다란 고드름이 달렸다
해는 저물고 날은 다 가고 볕은 서러웁게 차갑다
나도 길다랗고 파리한 명태(明太)다
문(門)턱에 꽁꽁 얼어서
가슴에 길다란 고드름이 달렸다

넘언집 범 같은 노큰마니[94)]

　황토 마루 수무나무에 얼럭궁덜럭궁 색동헝겊 뜯개
조박[95)] 뵈짜배기[96)] 걸리고 오쟁이[97)] 끼애리[98)] 달리고 소
삼은[99)] 엄신 같은 딥세기도 열린 국수당 고개를 몇 번이고
튀튀 춤을 뱉고 넘어가면 골안에 아늑히 묵은 넝동[100)]이
무겁기도 할 집이 한 채 안기었는데

　집에는 언제나 셴개 같은 게사니[101)]가 벅작궁 고아
내고[102)] 말 같은 개들이 떠들썩 짖어대고 그리고 소거름
내음새 구수한 속에 엇송아지[103)] 히물쩍[104)] 너들씨는데[105)]

　집에는 아배에 삼춘에 오마니에 오마니가 있어서
젖먹이를 마을 청능[106)] 그늘 밑에 삿갓을 씌워 한종일
내 뉘어두고 김을 매려 다녔고 아이들이 큰마누래[107)]에
작은마누래[108)]에 제구실[109)]을 할 때면 종아지물본도
모르고[110)] 행길에 아이 송장이 거적뙈기에 말려 나가면
속으로 얼마나 부러워하였고 그리고 끼때에는 부뚜막에
바가지를 아이들 수대로 주룬히 늘어놓고 밥 한 덩이
질게[111)] 한 술 들여트려서는 먹였다는 소리를 언제나
두고두고 하는데

　일가들이 모두 범같이 무서워하는 이 노큰마니는
구덕살이같이 욱실욱실하는 손자 증손자를 방구석에

들매나무 회채리를 단으로 쩌다 두고 따리고 싸리갱이에
갓진창을 매여 놓고 따리는데

　내가 엄매 등에 업혀 가서 상사말[112] 같이 항약[113]에
야기[114]를 쓰면 한창 피는 함박꽃을 밑가지째 꺾어 주고
종대에 달린 제물배도 가지째 쩌주고[115] 그리고 그 애끼는
게사니알도 두 손에 쥐어주곤 하는데

　우리 엄매가 나를 가지는 때 이 노큰마니는 어느 밤
크나큰 범이 한 마리 우리 선산으로 들어오는 꿈을 꾼 것을
우리 엄매가 서울서 시집을 온 것을 그리고 무엇보다도
내가 이 노큰마니의 당조카의 맏손자로 난 것을 다견하니
알뜰하니 기꺼이 여기는 것이었다

동뇨부(童尿賦)

봄철 날 한종일 내 노곤하니 벌불 장난을 한 날 밤이면
으레히 싸개동당[116]을 지나는데 잘망하니 누워 싸는 오줌이
넓적다리를 흐르는 따끈따끈한 맛 자리에 펑하니 괴이는
척척한 맛

첫여름 이른 저녁을 해치우고 인간들이 모두 터 앞에
나와서 물외포기에 당콩포기에 오줌을 주는 때 터 앞에
밭마당에 샛길에 떠도는 오줌의 매캐한 재릿한 내음새

긴긴 겨울밤 인간들이 모두 한잠이 들은 재밤중에 나
혼자 일어나서 머리맡 쥐발 같은 새끼 오강에 한없이 누는
잘 매럽던 오줌의 사르릉 쪼로록하는 소리

그리고 또 엄매의 말엔 내가 아직 굳은 밥을 모르던 때
살갗 퍼런 막내고무가 잘도 받아 세수를 하였다는 내 오줌
빛은 이슬같이 샛말갛기도 샛맑았다는 것이다

안동(安東)

이방(異邦) 거리는
비 오듯 안개가 나리는 속에
안개 같은 비가 나리는 속에

이방(異邦) 거리는
콩기름 쫄이는 내음새 속에
섶누에 번디 삶는 내음새 속에

이방(異邦) 거리는
도끼날 벼르는 돌물레 소리 속에
되광대 켜는 되양금 소리 속에

손톱을 시펄하니 길우고 기나긴 창꽈쯔[117])를 즐즐 끌고
싶었다
만두(饅頭) 꼬깔[118])을 눌러쓰고 곰방대를 물고 가고
싶었다
이왕이면 향(香)내 높은 취향리(梨) 돌배 움퍽움퍽
씹으며 머리채 츠렁츠렁 발굽을 차는 꾸냥과 가즈런히
쌍마차(雙馬車) 몰아가고 싶었다

76

구장로(球場路)

― 서행시초(西行詩抄) 1

삼리(三里) 밖 강(江)쟁변엔 자갯돌에서
비멀이한[119] 옷을 부숭부숭 말려 입고 오는 길인데
산(山) 모롱고지 하나 도는 동안에 옷은 또 함북 젖었다

한 이십리(二十里) 가면 거리라던데
한겻[120] 남아 걸어도 거리는 뵈이지 않는다
나는 어느 외진 산(山)길에서 만난 새악시가 곱기도 하던
것과
어느메 강(江)물 속에 들여다뵈이던 쏘가리가 한 자나
되게 크던 것을 생각하며
산(山)비에 젖었다는 말렀다 하며 오는 길이다

이젠 배도 출출히 고팠는데
어서 그 옹기장사가 온다는 거리로 들어가면 무엇보다도
먼저 '주류판매업(酒類販賣業)'이라고 써 붙인 집으로
들어가자

그 뜨수한 구들에서
따끈한 삼십오도(三十五度) 소주(燒酒)나 한잔 마시고
그리고 그 시래깃국에 소피를 넣고 두부를 두고 끓인 구수한
술국을 트근히 몇 사발이고 왕사발로 몇 사발이고 먹자

북신(北新)
— 서행시초(西行詩抄) 2

거리에서는 모밀내가 났다
부처를 위하는 정갈한 노친네의 내음새 같은 모밀내가
났다

어쩐지 향산(香山) 부처님이 가까웁다는 거린데
국숫집에서는 농짝 같은 도야지를 잡아 걸고 국수에
치는 도야지고기는 돗바늘 같은 털이 드문드문 백였다
나는 이 털도 안 뽑은 도야지고기를 물끄러미 바라보며
또 털도 안 뽑은 고기를 시꺼먼 맨모밀국수에 얹어서
한입에 꿀꺽 삼키는 사람들을 바라보며
나는 문득 가슴에 뜨끈한 것을 느끼며
소수림왕(小獸林王)을 생각한다 광개토대왕(廣開土大王)을
생각한다

팔원(八院)

— 서행시초(西行詩抄) 3

차디찬 아침인데

묘향산행(妙香山行) 승합자동차(乘合自動車)는 텅하니
비어서

나이 어린 계집아이 하나가 오른다

옛말속같이 진진초록 새 저고리를 입고

손잔등이 밭고랑처럼 몹시도 터졌다

계집아이는 자성(慈城)으로 간다고 하는데

자성(慈城)은 예서 삼백오십리(三百五十里) 묘향산(妙香山)
백오십리(百五十里)

묘향산(妙香山) 어디메서 삼촌이 산다고 한다

쌔하얗게 얼은 자동차(自動車) 유리창 밖에

내지인(內地人) 주재소장(駐在所長) 같은 어른과 어린아이
둘이 내임[121]을 낸다

계집아이는 운다 느끼며 운다

텅 비인 차(車) 안 한구석에서 어느 한 사람도 눈을
씻는다

계집아이는 몇 해고 내지인(內地人) 주재소장(駐在所長)
집에서

밥을 짓고 걸레를 치고 아이보개를 하면서

이렇게 추운 아침에도 손이 꽁꽁 얼어서

찬물에 걸레를 쳤을 것이다

월림(月林)장

— 서행시초(西行詩抄) 4

'자시동북팔십천희천(自是東北八○粁熙川)'[122]의 푯(標)말이
선 곳
　돌능와집에 소달구지에 싸리신에 옛날이 사는 장거리에
　어느 근방 산천(山川)에서 덜거기[123] 꺽꺽 검방지게 운다

　초아흐레 장판에
　산 멧도야지 너구리가죽 튀튀새 났다
　또 가얌에 귀이리에 도토리묵 도토리범벅도 났다

　나는 주먹다시 같은 떡당이[124]에 꿀보다도 달다는
강낭엿을 산다
　그리고 물이라도 들 듯이 샛노랗디샛노란 산(山)골 마가을
볕에 눈이 시울도록 샛노랗디샛노란 햇기장 쌀을 주무르며
　기장쌀은 기장차떡이 좋고 기장차랍이 좋고 기장감주가
좋고 그리고 기장쌀로 쑨 호박죽은 맛도 있는 것을
생각하며 나는 기쁘다

목구(木具)

　오대(五代)나 나린다는 크나큰 집 다 찌그러진 들지고방
어득시근한 구석에서 쌀독과 말쿠지와 숫돌과 신뚝[125]과
그리고 옛적과 또 열두 데석님과 친하니 살으면서

　한 해에 몇 번 매연 지난 먼 조상들의 최방등
제사[126]에는 컴컴한 고방 구석을 나와서 대멀머리[127]에
외얏맹건[128]을 지르터맨[129] 늙은 제관의 손에 정갈히 몸을
씻고 교우 위에 모신 신주 앞에 환한 촛불 밑에 피나무
소담한 제상 위에 떡 보탕 식혜 산적 나물지짐 반봉 과일
들을 공손하니 받들고 먼 후손들의 공경스러운 절과 잔을
굽어보고 또 애끊는 통곡과 축을 귀에 하고 그리고 합문[130]
뒤에는 흠향 오는 구신들과 호호히 접하는 것

　구신과 사람과 넋과 목숨과 있는 것과 없는 것과 한 줌
흙과 한 점 살과 먼 옛 조상과 먼 훗자손의 거룩한 아득한
슬픔을 담는 것

　내 손자의 손자와 손자와 나와 할아버지와 할아버지의
할아버지와 할아버지의 할아버지의 할아버지와……
수원백씨(水原白氏) 정주백촌(定州白村)의 힘세고 꿋꿋하나
어질고 정 많은 호랑이 같은 곰 같은 소 같은 피의 비 같은
밤 같은 달 같은 슬픔을 담는 것 아 슬픔을 담는 것

3부

만주시편

수박씨, 호박씨

어진 사람이 많은 나라에 와서
어진 사람의 짓을 어진 사람의 마음을 배워서
수박씨 닦은 것을 호박씨 닦은 것을 입으로 앞니빨로
밝는다

수박씨 호박씨를 입에 넣는 마음은
참으로 철없고 어리석고 게으른 마음이나
이것은 또 참으로 밝고 그윽하고 깊고 무거운 마음이라
이 마음 안에 아득하니 오랜 세월이 아득하니 오랜
지혜가 또 아득하니 오랜 인정(人情)이 깃들인 것이다
태산(泰山)의 구름도 황하(黃河)의 물도 옛 임군의 땅과
나무의 덕도 이 마음 안에 아득하니 뵈이는 것이다

이 적고 가부엽고 갤족한 희고 까만 씨가
조용하니 또 도고하니[131] 손에서 입으로 입에서 손으로
오르나리는 때
벌에 우는 새소리도 듣고 싶고 거문고도 한 곡조 뜯고
싶고 한 오천(五千) 말 남기고[132] 함곡관(函谷關)도 넘어가고
싶고
기쁨이 마음에 뜨는 때는 희고 까만 씨를 앞니로 까서
잔나비가 되고
근심이 마음에 앉는 때는 희고 까만 씨를 혀끝에 물어

까막까치가 되고

　어진 사람이 많은 나라에서는
　오두미(五斗米)[133]를 버리고 버드나무 아래로 돌아온
사람도
　그 옆차개[134]에 수박씨 닦은 것은 호박씨 닦은 것은
있었을 것이다
　나물 먹고 물 마시고 팔베개하고 누웠던 사람도
　그 머리맡에 수박씨 닦은 것은 호박씨 닦은 것은 있었을
것이다

북방(北方)에서

— 정현웅(鄭玄雄)에게

아득한 옛날에 나는 떠났다
부여(扶餘)를 숙신(肅愼)을 발해(勃海)를 여진(女眞)을
요(遼)를 금(金)을
흥안령(興安嶺)을 음산(陰山)¹³⁵⁾을 아무우르를
숭가리¹³⁶⁾를
범과 사슴과 너구리를 배반하고
송어와 메기와 개구리를 속이고 나는 떠났다

나는 그때
자작나무와 이깔나무의 슬퍼하던 것을 기억한다
갈대와 장풍의 붙드던 말도 잊지 않았다
오로촌¹³⁷⁾이 멧돌¹³⁸⁾을 잡아 나를 잔치해 보내던 것도
쏠론¹³⁹⁾이 십 리 길을 따라 나와 울던 것도 잊지 않았다

나는 그때
아모 이기지 못할 슬픔도 시름도 없이
다만 게을리 먼 앞대로 떠나 나왔다
그리하여 따사한 햇귀에서 하이얀 옷을 입고 매끄러운
밥을 먹고 단 샘을 마시고 낮잠을 잤다
밤에는 먼 개 소리에 놀라나고
아츰에는 지나가는 사람마다에게 절을 하면서도
나는 나의 부끄러움을 알지 못했다

그동안 돌비는 깨어지고 많은 은금보화는 땅에 묻히고
가마귀도 긴 족보를 이루었는데
  이리하여 또 한 아득한 새 옛날이 비롯하는 때
  이제는 참으로 이기지 못할 슬픔과 시름에 쫓겨
  나는 나의 옛 한울로 땅으로 ── 나의 태반(胎盤)으로
돌아왔으나

  이미 해는 늙고 달은 파리하고 바람은 미치고 보래구름만
혼자 넋 없이 떠도는데

  아, 나의 조상은 형제는 일가친척은 정다운 이웃은
그리운 것은 사랑하는 것은 우러르는 것은 나의 자랑은
나의 힘은 없다 바람과 물과 세월과 같이 지나가고 없다

허준(許俊)

그 맑고 거룩한 눈물의 나라에서 온 사람이여
그 따사하고 살틀한 볕살의 나라에서 온 사람이여

눈물의 또 볕살의 나라에서 당신은
이 세상에 나들이를 온 것이다
쓸쓸한 나들이를 단기려 온 것이다

눈물의 또 볕살의 나라 사람이여
당신이 그 긴 허리를 굽히고 뒷짐을 지고 지치운 다리로
싸움과 흥정으로 왁자지껄하는 거리를 지날 때던가
추운 겨울밤 병들어 누운 가난한 동무의 머리맡에 앉아
말없이 무릎 위 어린 고양이의 등만 쓰다듬는 때던가
당신의 그 고요한 가슴 안에 온순한 눈가에
당신네 나라의 맑은 한울이 떠오를 것이고
당신의 그 푸른 이마에 삐여진 어깻죽지에
당신네 나라의 따사한 바람결이 스치고 갈 것이다

높은 산도 높은 꼭다기에 있는 듯한
아니면 깊은 물도 깊은 밑바닥에 있는 듯한 당신네
나라의
하늘은 얼마나 맑고 높을 것인가
바람은 얼마나 따사하고 향기로울 것인가

그리고 이 하늘 아래 바람결 속에 퍼진
그 풍속은 인정은 그리고 그 말은 얼마나 좋고 아름다울
것인가

다만 한 사람 목이 긴 시인(詩人)은 안다
'도스토이옙흐스키'며 '죠이쓰'며 누구보다도 잘 알고
일등 가는 소설도 쓰지만
아무것도 모르는 듯이 어드근한 방안에 굴어 게으르는
것을 좋아하는 그 풍속을
사랑하는 어린것에게 엿 한 가락을 아끼고 위하는
안해에겐 해진 옷을 입히면서도
마음이 가난한 낯설은 사람에게 수백 냥 돈을 거저 주는
그 인정을 그리고 또 그 말을
사람은 모든 것을 다 잃어버리고 넋 하나를 얻는다는
크나큰 그 말을

그 멀은 눈물의 또 볕살의 나라에서
이 세상에 나들이를 온 사람이여
이 목이 긴 시인(詩人)이 또 게사니140)처럼 떠곤다고
당신은 쓸쓸히 웃으며 바독판을 당기는구려

귀농(歸農)

백구둔(白狗屯)[141]의 눈 녹이는 밭 가운데 땅 풀리는 밭
가운데
  촌부자 노왕(老王)하고 같이 서서
  밭최뚝[142]에 즘부러진 땅버들의 버들개지 피어나는 데서
  볕은 장글장글 따사롭고 바람은 솔솔 보드라운데
  나는 땅 임자 노왕(老王)한테 석상디기 밭을 얻는다

  노왕(老王)은 집에 말과 나귀며 오리에 닭도 우울거리고
  고방에 그득히 감자에 콩 곡석도 들여 쌓이고
  노왕(老王)은 채매도 힘이 들고 하루 종일 백령조(百鈴鳥)
소리나 들으려고
  밭을 오늘 나한테 주는 것이고
  나는 이젠 귀치 않은 측량(測量)도 문서(文書)도 싫증이
나고
  낮에는 마음 놓고 낮잠도 한잠 자고 싶어서
  아전 노릇을 그만두고 밭을 노왕(老王)한테 얻는 것이다

  날은 챙챙 좋기도 좋은데
  눈도 녹으며 술렁거리고 버들도 잎 트며 수선거리고
  저 한쪽 마을에는 마돗에 닭 개 즘생도 들떠들고
  또 아이 어른 행길에 뜨락에 사람도 웅성웅성 흥성거려
  나는 가슴이 이 무슨 흥에 벅차오며

91

이 봄에는 이 밭에 감자 강냉이 수박에 오이며 당콩에
마늘과 파도 심그리라 생각한다

 수박이 열면 수박을 먹으며 팔며
 감자가 앉으면 감자를 먹으며 팔며
 까막까치나 두더쥐 돗벌기¹⁴³⁾가 와서 먹으면 먹는 대로
두어두고
 도적이 조금 걷어가도 걷어가는 대로 두어두고
 아, 노왕(老王), 나는 이렇게 생각하노라
 나는 노왕(老王)을 보고 웃어 말한다

 이리하여 노왕(老王)은 밭을 주어 마음이 한가하고
 나는 밭을 얻어 마음이 편안하고
 디퍽디퍽 눈을 밟으며 터벅터벅 흙도 덮으며
 사물사물 햇볕은 목덜미에 간지러워서
 노왕(老王)은 팔짱을 끼고 이랑을 걸어
 나는 뒷짐을 지고 고랑을 걸어
 밭을 나와 밭뚝을 돌아 도랑을 건너 행길을 돌아
 지붕에 바람벽에 울바주에 볕살 쇠리쇠리한 마을을
가리키며
 노왕(老王)은 나귀를 타고 앞에 가고
 나는 노새를 타고 뒤에 따르고

마을 끝 충왕묘(蟲王廟)에 충왕(蟲王) 찾아뵈려 가는
길이다

　토신묘(土神廟)에 토신(土神)도 찾아뵈려 가는 길이다

국수

눈이 많이 와서
산엣새가 벌로 나려 멕이고[144]
눈구덩이에 토끼가 더러 빠지기도 하면
마을에는 그 무슨 반가운 것이 오는가 보다
한가한 애동들은 어둡도록 꿩 사냥을 하고
가난한 엄매는 밤중에 김치가재미로 가고
마을을 구수한 즐거움에 싸서 은근하니 흥성흥성 들뜨게
하며
이것은 오는 것이다
이것은 어느 양지귀 혹은 능달 쪽 외따른 산 옆 은댕이
예데가리 밭에서
하루 밤 뽀오얀 흰 김 속에 접시귀 소기름 불이 뿌우연
부엌에
산멍에 같은 분틀을 타고 오는 것이다
이것은 아득한 옛날 한가하고 즐겁던 세월로부터
실 같은 봄비 속을 타는 듯한 여름볕 속을 지나서
들쿠레한 구시월 갈바람 속을 지나서
대대로 나며 죽으며 죽으며 나며 하는 이 마을 사람들의
으젓한 마음을 지나서 텁텁한 꿈을 지나서
지붕에 마당에 우물든덩에 함박눈이 푹푹 쌓이는 여느
하루 밤
아배 앞에 그 어린 아들 앞에 아배 앞에는 왕사발에 아들

앞에는 새끼 사발에 그득히 사리워 오는 것이다.
　이것은 그 곰의 잔등에 업혀서 길여났다는 먼 옛적
큰마니가
　또 그 짚등색이[145)]에 서서 자채기를 하면 산 넘엣
마을까지 들렸다는
　먼 옛적 큰아바지가 오는 것같이 오는 것이다

　아, 이 반가운 것은 무엇인가
　이 히수무레하고 부드럽고 수수하고 슴슴한 것은
무엇인가
　겨울밤 쩡하니 닉은 동티미국을 좋아하고 얼얼한
댕추가루를 좋아하고 싱싱한 산꿩의 고기를 좋아하고
　그리고 담배 내음새 탄수[146)] 내음새 또 수육을 삶는
육수국 내음새 자욱한 더북한 삿방 쩔쩔 끓는 아르굴을
좋아하는 이것은 무엇인가

　이 조용한 마을과 이 마을의 으젓한 사람들과 살틀하니
친한 것은 무엇인가
　이 그지없이 고담(枯淡)하고 소박(素朴)한 것은 무엇인가

흰 바람벽이 있어

오늘 저녁 이 좁다란 방의 흰 바람벽에
어쩐지 쓸쓸한 것만이 오고 간다
이 흰 바람벽에
희미한 십오촉(十五燭) 전등이 지치운 불빛을 내어던지고
때 글은 다 낡은 무명 샤쯔가 어두운 그림자를 쉬이고
그리고 또 달디단 따끈한 감주나 한잔 먹고 싶다고
생각하는 내 가지가지 외로운 생각이 헤매인다
그런데 이것은 또 어인 일인가
이 흰 바람벽에
내 가난한 늙은 어머니가 있다
내 가난한 늙은 어머니가
이렇게 시퍼러둥둥하니 추운 날인데 차디찬 물에 손은
담그고 무이며 배추를 씻고 있다
또 내 사랑하는 사람이 있다
내 사랑하는 어여쁜 사람이
어느 먼 앞대 조용한 개포 가의 나즈막한 집에서
그의 지아비와 마주앉아 대구국을 끓여 놓고 저녁을
먹는다
벌써 어린것도 생겨서 옆에 끼고 저녁을 먹는다
그런데 또 이즈막하야 어느 사이엔가
이 흰 바람벽엔
내 쓸쓸한 얼굴을 쳐다보며

이러한 글자들이 지나간다
　　　―나는 이 세상에서 가난하고 외롭고 높고
　　쓸쓸하니 살아가도록 태어났다
　　그리고 이 세상을 살아가는데
　　내 가슴은 너무도 많이 뜨거운 것으로 호젓한
　　것으로 사랑으로 슬픔으로 가득 찬다
그리고 이번에는 나를 위로하는 듯이 나를 울력하는 듯이
눈질을 하며 주먹질을 하며 이런 글자들이 지나간다
　　　― 하늘이 이 세상을 내일 적에 그가 가장 귀해
　　하고[147] 사랑하는 것들은 모두
　　　가난하고 외롭고 높고 쓸쓸하니 그리고 언제나
　　넘치는 사랑과 슬픔 속에 살도록 만드신 것이다
초생달과 바구지꽃[148]과 짝새와 당나귀가 그러하듯이
그리고 또 '프랑시쓰 쨈'과 도연명(陶淵明)과 '라이넬
마리아 릴케'가 그러하듯이

두보(杜甫)나 이백(李白)같이

오늘은 정월(正月) 보름이다
대보름 명절인데
나는 멀리 고향을 나서 남의 나라 쓸쓸한 객고에 있는
신세로다
옛날 두보(杜甫)나 이백(李白) 같은 이 나라의 시인(詩人)도
먼 타관에 나서 이날을 맞은 일이 있었을 것이다
오늘 고향의 내 집에 있는다면
새 옷을 입고 새 신도 신고 떡과 고기도 억병 먹고
일가친척들과 서로 모여 즐거이 웃음으로 지날 것이련만
나는 오늘 때 묻은 입던 옷에 마른 물고기 한 토막으로
혼자 외로이 앉아 이것저것 쓸쓸한 생각을 하는 것이다
옛날 그 두보(杜甫)나 이백(李白) 같은 이 나라의
시인(詩人)도
이날 이렇게 마른 물고기 한 토막으로 외로이 쓸쓸한
생각을 한 적도 있었을 것이다
나는 이제 어느 먼 외진 거리에 한 고향 사람의 조고마한
가업집이 있는 것을 생각하고
이 집에 가서 그 맛스러운 떡국이라도 한 그릇 사먹으리라
한다
우리네 조상들이 먼먼 옛날로부터 대대로 이날엔 으레히
그러하며 오듯이
먼 타관에 난 그 두보(杜甫)나 이백(李白) 같은 이 나라의

시인(詩人)도

　이날은 그 어느 한 고향 사람의 주막이나 반관(飯館)을
찾아가서

　그 조상들이 대대로 하던 본대로 원소(元宵)라는 떡을
입에 대며

　스스로 마음을 느꾸어 위안하지 않았을 것인가

　그러면서 이 마음이 맑은 옛 시인(詩人)들은

　먼 훗날 그들의 먼 훗자손들도

　그들의 본을 따서 이날에는 원소(元宵)를 먹을 것을

　외로이 타관에 나서도 이 원소(元宵)를 먹을 것을
생각하며

　그들이 아득하니 슬펐을 듯이

　나도 떡국을 놓고 아득하니 슬플 것이로다

　아, 이 정월(正月) 대보름 명절인데

　거리에는 오독독이¹⁴⁹⁾ 탕탕 터지고 호궁(胡弓) 소리 뻘뻘
높아서

　내 쓸쓸한 마음엔 자꾸 이 나라의 옛 시인(詩人)들이
그들의 쓸쓸한 마음들이 생각난다

　내 쓸쓸한 마음은 아마 두보(杜甫)나 이백(李白) 같은
사람들의 마음인지도 모를 것이다

　아무려나 이것은 옛투의 쓸쓸한 마음이다

머리카락

큰마니야 네 머리카락 엄매야 네 머리카락 삼춘엄매야 네
머리카락
　머리 빗고 빗덥[150]에서 꽁지는[151] 머리카락
　큰마니야 엄매야 삼춘엄매야
　머리카락을 텅납새에 끼우는 것은
　큰마니 머리카락은 아룻간 텅납새에 엄매 머리카락은
웃칸 텅납새에 삼춘엄매 머리카락도 웃칸 텅납새에
텅납새에 끼우는 것은
　큰마니야 엄매야 삼춘엄매야
　일은 봄철 산 너머 먼 데 해변에서 가무래기 오면
　흰가무래기 검가무래기 가무래기 사서 하리불[152]에 구워
먹잔 말이로구나
　큰마니야 엄매야 삼춘엄매야
　머리카락을 텅납새에 끼우는 것은
　구시월 황하두[153]서 황하당세 오면
　막대심에 가는 세침 바늘이며 추월옥색 꼭두손이 연분홍
물감도 사잔 말이로구나

마을은 맨천 구신이 돼서

나는 이 마을에 태어나기가 잘못이다
마을은 맨천 구신이 돼서
나는 무서워 오력을 펼 수 없다
자 방안에는 성주님
나는 성주님이 무서워 토방으로 나오면 토방에는
디운구신[154]
나는 무서워 부엌으로 들어가면 부엌에는 부뚜막에
조앙님

나는 뛰쳐나와 얼른 고방으로 숨어버리면 고방에는 또
시렁에 데석님
나는 이번에는 굴통 모퉁이로 달아가는데 굴통[155]에는
굴대장군
얼혼이 나서 뒤울안으로 가면 뒤울안에는 곱새녕[156]
아래 털능구신[157]
나는 이제는 할 수 없이 대문을 열고 나가려는데
대문간에는 근력 세인 수문장

나는 겨우 대문을 빼쳐나 바깥으로 나와서
밭 마당귀 연자간 앞을 지나가는데 연자간에는 또 연자망
구신
나는 고만 디겁을 하여 큰 행길로 나서서 마음 놓고

화리서리 걸어가다 보니

아아 말 마라 내 발뒤축에는 오나가나 묻어 다니는 달걀
구신

마을은 온데간데 구신이 돼서 나는 아무 데도 갈 수 없다

남신의주 유동 박시봉방(南新義州 柳洞 朴時逢方)

어느 사이에 나는 아내도 없고, 또,
아내와 같이 살던 집도 없어지고,
그리고 살뜰한 부모며 동생들과도 멀리 떨어져서,
그 어느 바람 세인 쓸쓸한 거리 끝에 헤매이었다
바로 날도 저물어서,
바람은 더욱 세게 불고, 추위는 점점 더해 오는데,
나는 어느 목수(木手)네 집 헌 삿을 깐,
한 방에 들어서 쥔을 붙이었다
이리하여 나는 이 습내 나는 춥고, 누긋한 방에서,
낮이나 밤이나 나는 나 혼자도 너무 많은 것같이
생각하며,
딜옹배기에 북덕불이라도 담겨 오면,
이것을 안고 손을 쬐며 재 위에 뜻 없이 글자를 쓰기도
하며,
또 문밖에 나가지도 않고 자리에 누워서,
머리에 손깍지베개를 하고 굴기도 하면서,
나는 내 슬픔이며 어리석음이며를 소처럼 연하여
쌔김질하는 것이었다
내 가슴이 꽉 메어 올 적이며,
내 눈에 뜨거운 것이 핑 괴일 적이며,
또 내 스스로 화끈 낯이 붉도록 부끄러울 적이며,
나는 내 슬픔과 어리석음에 눌리어 죽을 수밖에 없는

것을 느끼는 것이었다

　그러나 잠시 뒤에 나는 고개를 들어,

　허연 문창을 바라보든가 또 눈을 떠서 높은 천정을
쳐다보는 것인데,

　이때 나는 내 뜻이며 힘으로, 나를 이끌어 가는 것이
힘든 일인 것을 생각하고,

　이것들보다 더 크고, 높은 것이 있어서, 나를 마음대로
굴려가는 것을 생각하는 것인데,

　이렇게 하여 여러 날이 지나는 동안에,

　내 어지러운 마음에는 슬픔이며, 한탄이며, 가라앉을
것은 차츰 앙금이 되어 가라앉고,

　외로운 생각만이 드는 때쯤 해서는,

　더러 나줏손[158)]에 쌀랑쌀랑 싸락눈이 와서 문창을
치기도 하는 때도 있는데,

　나는 이런 저녁에는 화로를 더욱 다가 끼며, 무릎을
꿇어보며,

　어느 먼 산 뒷옆에 바우 섶에 따로 외로이 서서,

　어두워 오는데 하이야니 눈을 맞을, 그 마른 잎새에는,

　쌀랑쌀랑 소리도 나며 눈을 맞을,

　그 드물다는 굳고 정한 갈매나무라는 나무를 생각하는
것이었다

4부

북한에서 발표한 시와 동시

등고지

정거장에서 60리
60리 벌길은 멀기도 했다

가을 바다는 파랗기도 하다!
이 파란 바다에서 올라온다 ──
민어, 농어, 병어, 덕재, 시왜, 칼치…… 가

이 길 외진 개포에서
나는 늙은 사공 하나를 만났다
이제는 지나간 세월

앞바다에 기어든 원쑤를 치러
어둔 밤 거친 바다로
배를 저어갔다는 늙은 전사를!

멀리 붉은 노을 속에
두부모처럼 떠 있는
그 신도라는 섬으로 가고 싶었다

공무려인숙

삼수 삼십 리, 혜산 칠십 리
신파 후창이 삼백 열 리
북두가 산머리에 내려앉는 곳
여기 행길가에 나앉은 공무려인숙

오고 가던 길손들 날이 저물면
찾아들어 하룻밤을 묵어 가누나 ──
면양 칠백 마리 큰 계획 안고
군당을 찾아갔던 어느 협동조합 당 위원장,
근로자 학교의 조직과 지도를 맡아
평양 대학에서 온다는 한 대학생,
마을 마을의 수력 발전, 화력 발전
발전 시설을 조사하는 군 인민위원회 일꾼,
붉은 편지 받들고 노동 속으로 들어가려
신파 땅 먼 임산 사업소로 가는 작가……

제각기 찾아가는 곳 다르고
제각기 서두르는 일 다르나
그러나 그들이 이 집에 이르는 길,
이 집에서 떠나가는 길
그것은 오직 한 갈래 길 ── 사회주의 건설의 길

돈주[159)]아 고삭[160)]아 이끼 덕이 치고
통나무 굴뚝이 두 아름이나 되는 이 집아,
사회주의 높은 봉우리 바라
급한 길 다우치다 길 저문 사람들
하룻밤 네 품에 쉬어 가나니,

아직 채 덩실하니 짓지 못한
산골 행길가의 조그마한 려인숙이라
네 스스로 너를 낮추 여기지 말라,
참구름 노전[161)] 투박한 자리로나마
너 또한 사회주의 건설에 힘 바치는 귀한 것이어니

갓나물

삼수갑산 높은 산을 내려
홍원 전진 동해바다에
명태를 푸러 갔다 온 처녀,
한 달 열흘 일을 잘 해
민청상을 받고 온 처녀,
삼수갑산에 돌아와 하는 말이 ──

"삼수갑산 내 고향 같은 곳
어디를 가나 다시 없습데
홍원 전진 동태 생선 좋기는 해도
삼수갑산 갓나물만 난 못합데"

그런데 이 처녀 아나 모르나,
한 달 열흘 고향을 난 동안에
조합에선 세 톤짜리 화물 자동차도 받아
내일모레 쌀과 생선 실러 가는 줄
내일모레 이 고장 갓나물 실어 보내는 줄

삼수갑산 심심산골에도
쌀이며 생선 왕왕 실어 보내는
크나큰 그 배려 모를 처녀 아니나,
그래도 제 고장 갓나물에서

더 좋은 것 없다는 처녀의 마음,
삼수갑산 갓나물같이 향기롭구나 ─

공동식당

아이들 명절날처럼 좋아한다
뜨락이 들썩 술래잡기, 숨바꼭질,
퇴[162] 위에 재깔대는 소리, 깨득거리는 소리

어른들 잔칫날처럼 흥성거린다
정주문, 큰방문 연송 여닫으며 들고 나고
정주에, 큰방에 웃음이 터진다

먹고사는 시름 없이 행복하며
그 마음들 이대도록 평안하구나,
새로운 둥지의 사랑에 취하였으매
그 마음들 이대도록 즐거웁구나

아이들 바구니, 바구니 캐는 달래
다 같이 한 부엌으로 들여오고,
아낙네들 아끼어 갓 헐은 김치
아쉬움 모르고 한 식상에 올려놓는다

왕가마들에 밥은 잦고 국은 끓어
하루 일 끝난 사람들을 기다리는데
그 냄새 참으로 구수하고 은근하고 한없이 깊구나
성실한 근로의 자랑 속에……

밭 갈던 아바이, 감자 심던 어머이
최뚝¹⁶³⁾에 송아지와 놀던 어린것들,
그리고 탁아소에서 돌아온 갓난것들도
둘레둘레 둘러 놓인 공동 식탁 위에,
한없이 아름다운 공산주의의 노을이 비낀다

하늘 아래 첫 종축 기지에서

어미 돼지들의 큰 구유들에
벼 겨, 그리고 감자 막걸리,
새끼 돼지들의 구유에
만문한[164] 삼배 절음에, 껍질 벗긴 삶은 감자,
그리고 보리 길금에 삭인 감자 감주

이 나라 돼지들, 겨웁도록 복되구나
이 좋은 먹이들 구유에 가득히들 받아
하늘 아래 첫 종축 기지로 오니
내 마음 참으로 흐뭇도 하구나

눈길이 모자라는, 아득히 넓은 사료전에
맥류며, 씰로스용 옥수수,
드높은 사료 창고엔 용마루를 치밀며
싸리 잎, 봇나무 잎, 찔꽹이 잎, 가죽나무 잎……

풀을 고기로의 당의 어진 뜻
온 밭과 곳간과 사람들의 마음에 차고 넘쳐,
하늘 아래 첫 종축 기지로 오니
내 마음 참으로 미쁘기도 하구나

흐뭇하고 미쁜 마음 가슴에 설레인다

이 풀밭에 먹고 노는 큰 돼지, 작은 돼지
백만이요, 천만으로 개마고원에 살찔 일 생각하매,
당의 웅대하고 현명한 또 하나의 설계가
조국의 북쪽 땅을 복지로 만드는 일 생각하매

북수백산 찬바람이 내려치는 여기에
밤으로, 낮으로, 흐뭇하고 미쁜 일 이루어가며
사람들 뜨거운 사랑으로 산다 —
돼지 새끼 하나 개에게 물렸다는 말에
지배인도, 양돈공도 안타까이 서둔다
그리고 분만 앞둔 돼지를 지켜
번식돈 관리공이 사흘 밤을 곧장 새운다

이렇듯 쓰다듬고, 아끼며
당의 뜻 받들고 사는 사람들
하늘 아래 첫 종축 기지로 오니
마음 참으로 뜨거워 온다

내 그저 축복드린다,
하늘 아래 첫 종축 기지의 주인들에게
기쁨에 찬, 한량없는 축복드린다

돈사의 불

깊은 산골의 야영 돈사엔
밤이면 불을 켠다
한 5리 되염즉, 기다란 돈사,
그 두 난 끝 낮은 처마 끝에 달아
유리를 대인 기다란 네모 나무 등에
가스 불, 불을 켠다

자정도 지난 깊은 밤을
이 불 밑으로 번식돈 관리공이 오고 간다
2년 5산 많은 돼지를 받노라, 키우노라,
항시 기쁨에 넘쳐 서두르는
뜨거운 정성이, 굳은 결의가 오고 간다 ─

다산성 번식돈이 밤 사이
그 잘 줄 모르는 숨소리 사이로,
1년 3산의 제2산 종부가 끝난 번식돈의
큰 기대 안겨주는 그 소중한, 고로운 숨소리 사이로
또 시간 젖에 버릇 붙여놓은 새끼 돼지들의
어미의 젖꼭지를 찾아 덤비는 그 다급한 외침 소리
사이로
그러던 이 관리공의 발길이 멎는다
밤중으로, 아니면 날 새자 분만할 돼지의

깃자리 보는 그 초조한 부스럭 소리 앞에
그 발길 이 기대에 찬 분만의 자리를 지켜 오래 머문다

밀기울 누룩의 감자술 만들어 사료에 섞기도 하였다
류화철 용액으로, 더운물로 몸뚱이를 씻어도 주었다
그러나 한 번식돈 관리공의 성실한 마음 이것으로 다
못해
이제 이 깊은 밤을 순산을 기다려 가슴 조이며
분만 앞둔 돼지의 그 높고 잦은 숨소리에 귀 기울여
서누나

밤이 더 깊어 가면 골안에 안개는 돌아
돈사 네모등의 가스 불빛도 희미해진다
그러나 돈사에는 이 불 아닌 또 하나 불이 있어
언제나 꺼질 줄도, 희미해질 줄도 없이 밝은 불

이 불 —— 한 해에 천 마리 돼지를 한 손으로 받아
사랑하는 나라에 바치려, 사랑하는 당의 바라심을
이루려,
온 마음 기울여 일하는 한 젊은 관리공의
당 앞에 드리는 맹세로 켜진, 그 붉은, 충실한 마음의 불

눈

초저녁 이 산골에 눈이 내린다
조용히 조용히 눈이 내린다
갈매나무, 돌배나무 엉클어진 숲 사이
무릿돌이 주저앉은 오솔길 위에
함박눈, 눈이 내린다

초저녁 호젓도 한 이 외딴길을
마을의 여인 하나 걸어간다
모롱고지 하나 돌아 작업반장네 집
이 집에 노전결이 밤 작업에 간다

모범 농민, 군 대의원, 그리고 어엿한 당원 ──
박순옥 아맹이의 위에 눈이 내린다
지아비, 원쑤를 치는 싸움에 바치고
여덟 자식 고이 길러 내는 이 홀어미의 어깨에,
늙은 시아비, 늙은 시어미 정성으로 섬기어
그 효성 눈물겨운 이 갸륵한 며느리의 잔등에
눈이 내린다, 함박눈이 내린다

이 여인의 마음에도 눈이 내린다
잔잔하고 고로운 그 마음에,
때로는 거센 물결치는 그 마음에

슬프고 즐거운 지난날의 추억들 위에,
타오르는 원쑤에의 증오 위에,
또 하루 당의 뜻대로 살은 떳떳한 마음 위에,
오늘의 만족 위에, 내일의 희망 위에
눈이 내린다, 눈이 쌓인다

다정한 이야기같이, 살뜰한 쓰다듬같이
눈이 내린다
위안같이, 동정같이, 고무같이
눈이 내린다
이 호젓한 밤길에 눈이 내린다
여인의 발자국을 그리며 지우며
뜨거워 뜨거운 이 여인의 가슴속
가지가지 생각의 자국을 그리며 지우며
푹푹 내리어 쌓인다, 그 어느 크나큰 은총도
홀아비를 불러 낮에도 즐겁게
홀어미를 불러 이 밤도 즐겁게
더욱 큰 행복으로 가자고, 어서 가자고
뒤에서 밀고 앞에서 당기는 당의 은총이,

밤길 위에,
이 길을 걷는 한 여인의 위에

눈이 내린다
눈이 내려 쌓인다
은총이 내린다
은총이 내려 쌓인다

전별

어제는 남쪽 집 처자의 시집가는 걸
산 위 아마밭머리에 바래 보냈더니
오늘은 동쪽 집 처자의 시집가는 걸
산 아래 감자밭둑에 바래 보내누나

햇볕 따사롭고 바람 고로웁고
이 골짝, 저 골짝 진달래 산살구 꽃은 곱고
이 숲 속 저 숲 속 뻐꾸기 멧비둘기 새소리 구성지고
동쪽 집 처자는 높은 산을 몇이라도 넘어
먼먼 보천 땅으로 간다는데
보천 땅은 뒷재 위에서도 백두산이 보인다는 곳,
사람들 동쪽 집 처자를 바래 보낸다
먼 밭, 가까운 밭에, 옹기종기 일어서
호미 들어, 가래 들어 그의 앞날을 축복한다,
말하자면 이 어린 처자는 그들의 전우
전우의 앞날이 빛나기를 빈다
하루에 감자밭 천 평을 매 제끼는 솜씨 ─
이 솜씨 칭찬하는 마음도 이 축복에 따르고
추운 날 산 위에 우등불 잘도 놓던 마음씨 ─
이 마음씨 감사하는 마음도 이 축복에 따르누나,
동쪽 집 처자는 산길을 굽이굽이
뒤를 돌아보며, 돌아보며 발길 무거이 간다

가지가지 산천의 정이, 사람들의 사랑이
별리의 쓴 눈물 삼키게 하매
그 작은 붉은 마음 바쳐 온 싸움의 터 ──
저 골짜기 발전소가, 이 비탈의 작잠장이
다하지 못한 충성을 붙들어 놓지 않으매,
동쪽 집 처자는 고개를 넘어 사라진다,
그러나 그 깔깔대는 웃음소리 허공에 들리누나,
그러나 그 흘린 땀 냄새 땅 위에 풍기누나,
어제는 남쪽 집 처자를 산 위에
오늘은 동쪽 집 처자를 산 아래
말하자면 이 어린 전우들을 딴 진지로 보내는 것은
마음 얼마큼 서운한 일이니
그러나 얼마나 즐겁고 미쁜 일인가
그러나 얼마나 거룩하고, 숭엄한 일인가!

석탄이 하는 말

우리는 천 길 땅 밑으로부터
밝고 넓은 땅 위로 올라왔다

층층이 나서는
우리들의 굳은 벽을
밤낮 없이 뚫러 나아가는
그 사람들의 힘으로 하여
그들의 그 무쇠 같은 팔뚝들로 하여
그 불덩이같이 뜨거운 마음들로 하여
그리고 무엇보다도
우리를 어서 오라고
어서 많이 오라고
부르고 또 부르신 당의 뜻으로 하여

우리 천 길 땅 밑으로부터
밝고 넓은 땅 위로 올라왔다

우리들 비록 천만 년을
땅속에 묻혔던 몸들이나
우리들의 가슴에도 꺼질 줄 없이

오래오래 지녀온 소원은 있었다 ──

우리도 밝고 넓은 세상으로 나와
나라 위해 큰일을 하고 싶었다

큰일들 바쁘게 벌어진 땅 위에서
사람들은 우리를 반겨준다
사람들은 우리를 믿어준다

여기서도 저기서도 우리를 찾는다 ——
제철소에서도 공장에서도
그리고 발전소에서도
가지가지로 우리에게 부탁한다 ——
쇠를 녹여 달라 전기를 낳아 달라
옷감과 구두감이 되어 달라……

우리 비록 차고 굳은 석탄 덩어리나
우리에게도 뜨거운 피가 뛴다
우리 비록 꺼먼 석탄 덩어리나
우리에게도 붉은 심장은 있다

일곱 해 크나큰 일의 한몫을 맡아
자랑과 감격 안고 나선 우리
어떻게 이 부름들 아니 좇을가

어떻게 이 부탁들 아니 들을가
이 부름과 부탁들
그 어디서 오는 높은 뜻임을
우리도 잘 알고 있으니!

우리들 제철소로 간다
공장으로 발전소로 간다
쇠도 녹이고 전기와 가스도 낳으려고
또 곱고 질린 천으로도 되려고 간다

이 나라 강한 나라로 부자 나라로 되도록
이 나라 사람들 더욱 행복하게 살도록
모든 것을 생각하시고
모든 것을 마련하시는 어머니 당의
그 따스한 마음과 높은 뜻을
이 나라 모든 사람들과 같이 받들려고 간다

당은 이 검고 찬 몸뚱이에
뜨거운 피와 붉은 심장 주시었으니

우리 빨갛게 타고 타련다
일곱 해의 첫 해에도

일곱 해의 마지막 해에도

조국의 바다여

물결이 온다
흥분에 떠는 흰 물결이
기슭에 철석궁 물을 던진다

울릉도 먼 섬에서 오누란다
섬에선 사람들 굶어 죽는단다
섬에는 배도 다 깨어졌단다

물결이 온다
격분으로 숨 가쁜 푸른 물결이
기슭을 와락 그러안는다

인천, 군산 항구에서 오누란다
항구엔 끊임없이 원쑤들이 들어온단다
항구에선 겨레들이 팔려 간단다

밤이고 낮이고 물결이 온다,
조국의 남녘 바다 원한에 찬 물결이
그리워 그리운 북으로 온다

밤이고 낮이고 물결이 간다
조국의 북녘 바다 거센 물결이

그리워 그리운 남으로 간다
울릉도로도 간다, 인천으로도 간다

주리고 떠는 겨레들에겐
일어나라고, 싸우라고
고무와 격려로 소리치며,

뼈대의 피맺힌 원쑤들에겐
몰아낸다고, 삼켜 버린다고
증오와 저주로 번쩍이며

해가 떠서도, 해가 져서도
남쪽 북쪽 조국의 하늘을
가고 오고, 오고 가는 심정들같이
남쪽 북쪽 조국의 바다를
오고 가고, 가고 오는 물결들,

이 나라 그 어느 물굽이에서도
또 그 어느 기슭에서도
쏴 ― 오누라고 치는 소리 속에
쏴 ― 가누라고 치는 소리 속에
물결들아,

서로 껴안으라, 우리 그렇게 껴안으리라
서로 볼을 비비라, 우리 그렇게 볼을 비비리라
서로 굳게 손을 쥐라, 우리 그렇게 손을 쥐리라
서로 어깨 걸으라, 우리 그렇게 어깨 걸으리라

이 나라 남쪽 북쪽 한 피 나눈 겨레의
하나로 뭉친 절절한 마음들 물결 되어 뛰노는
동쪽 바다 서쪽 바다 또 남쪽 바다여,
칼로도 총으로도 또 감옥으로도
갈라서 떼어 내진 못할 바다여,
더러운 원쑤들이
오직 하나 구원 없는 회한 속에서
처참한 멸망을 호곡하도록
너희들 노호하라, 온 땅을 뒤덮을 듯,
너희들 높이 솟으라, 하늘을 무너칠 듯

그리하여 그 어느 하루 낮도, 하루 밤도
바다여 잠잠하지 말라, 잠자지 말라
세기의 죄악의 마귀인 미제,
간악과 잔인의 상징인 일제
박정희 군사 파쇼 불한당들을
그 거센 물결로 천 리 밖, 만 리 밖에 차 던지라

병아리 싸움

성난 독수리마냥
두 놈이 마주 서 노린다
아직 날갯죽지도 자라지 않고
젖비린내 나는 두 놈이

눈알맹이는 팽팽 돌고
독사처럼 독 오른 주둥이는
금시 가냘픈 심장을 쪼아 박아
들쫑이 날 것만 같다

푸드득 — 날샌 조약과 함께
물고 뜯고 재치고
한 놈은 기어코
또 한 놈의 면두를 물고 늘어졌다

면두에서 피가 흐르고
가슴은 팔닥거려
밑에 깔린 놈이나
위에 덮친 놈이나 쥐 죽은 듯하다

이윽고 어미 닭이 나타났다
두 놈은 아무렇지도 않다는 듯이

스르르 싸움을 헤치고
어미 등에 품에 기어든다

멧돼지

곤히 잠든 나를
깨우지 말라
하루 온종일
산비탈 감자밭을
다 쑤셔 놓았다

소 없는 어느 집에서
보습 없는 어느 집에서
나를 데려다가
밭을 갈지나 않나!

강가루

새끼 강가루는
업어 줘도 싫단다

새끼 강가루는
안아 줘도 싫단다

새끼 강가루는
엄마 배에 달린
자루 속에만
들어가 있잖다!

기린

기린아,
아프리카의 기린아,
너는 키가 크기도 크구나
높다란 다락 같구나,
너는 목이 길기도 길구나
굵다란 장대 같구나

네 목에 깃발을 달아 보자
붉은 깃발을 달아 보자
하늘 공중 부는 바람에
깃발이 펄럭이라고,
백 리 밖 먼 데서도
깃발이 보이라고

산양

누구나
싸울 테면 싸워보자
벼랑으로만 오너라

벼랑으로 오면
받아넘길 테니,
까마득한 벼랑 밑으로
차 굴릴 테니

싸울 테면 오너라
범이라도 곰이라도
다 오너라,
아슬아슬한 벼랑 가에
언제나 내가 오똑 서 있을 테니

오리들이 운다

한종일 개울가에
엄지 오리들이 빡빡
새끼 오리들이 빡빡

오늘도 동무들이 많이 왔다고 빡빡
동무들이 모두 낯이 설다고 빡빡

오늘은 조합 목장에 먼 곳에서
크고 작은 낯선 오리 많이들 왔다
온몸이 하이얀 북경종 오리도
머리가 새파란 청둥오리도

개울가에 빡빡 오리들이 운다
새 조합원 많이 와서 좋다고 운다

송아지들은 이렇게 잡니다

송아지들은 송아지들끼리 잠을 잡니다
좋은 송아지들은 엄마 곁에서는 아니 잡니다

송아지들은 모두 엉덩이들을 맞대고 잡니다
머리들은 저마끔 딴 데로 돌리고 잡니다
승냥이가 오면, 범이 오면 뿔로 받으려구요
뿔이 안 났어도 이마빼기로라도 받으려구요

송아지들은 캄캄한 밤 깊은 산속도 무섭지 않습니다
승냥이가 와도 범이 와도 아무 일 없습니다
송아지들은 모두 한데 모여서 한마음으로 자니까요
송아지들은 어려서부터도 원쑤에게 마음을 놓지
않으니까요

앞산 꿩, 뒷산 꿩

아침에는 앞산 꿩이
목장에 와서 꺽꺽,
저녁에는 뒷산 꿩이
목장에 와서 꺽꺽

아침저녁 꿩들이 왜 우나?
목장에 내려와서 왜 우나?

꿩들도 목장에서 살고 싶어 울지
꿩들도 조합 꿩이 되고 싶어 울지

주(註)

1) 쟁과리.
2) '써레기'는 '채'의 평북 방언. '막써레기'는 함부로 막 썰어 놓은 담뱃잎.
3) '당즈깨'는 '고리짝'의 황해 방언. 버들고리나 대오리 따위로 엮어 만든 옷상자.
4) 신의 자식이 될 수 있도록 이름을 올리다.
5) '달련'은 '시달림'의 평북 방언.
6) '아르대'는 '아래쪽'. '즘퍼리'는 '진땅'.
7) '당수'의 방언. 곡식 가루에 술을 넣어서 미음같이 쑨 음식.
8) '오래'는 한 동네의 몇 집이 이웃이 되어 사는 구역 안, 또는 거리에서 대문으로 통하는 좁은 길. '집오래'는 집 주변.
9) 가만히 있지 못하고 이리저리 자꾸 움직이다.
10) 친할머니, 친할아버지
11) '잔대'는 초롱꽃과에 딸린 여러해살이풀로 맛이 순하고 담백하다. 데쳐서 나물로 무치기도 하고, 볶아 먹기도 한다. 뿌리는 '사삼'이라고 하며 도라지처럼 희고 굵다. 한방에서는 약재로도 쓴다.
12) 공기놀이.
13) 주사위와 비슷한 놀이감.
14) '바리깨'는 '주발 뚜껑'의 평안 방언. 주발 뚜껑을 팽이처럼 돌려 누가 더 오래 돌리는지 겨누는 놀이.
15) 여러 명의 아이들이 떨어지지 않으려고 허리를 잡거나 팔을 걸고 있으면 술래가 한 사람씩 떼어내는 놀이.
16) 등잔걸이.
17) 추녀.
18) 무와 새우를 넣고 끓인 맑은 국. 작은 새우를 '징게미'라고 함.
19) 출가한 딸.
20) 흉내.
21) 옷 따위를 걸기 위해 벽에 박아놓은 나무못.
22) 한 집안의 최고 어른에 대한 존칭.
23) 한문을 좀 아는 유식한 사람을 대접하여 이르던 말.
24) 문중에서 항렬과 나이가 제일 위인 사람.
25) 몽동발이. 딸려 붙었던 것이 다 떨어지고 몸뚱이만 남은 물건.

26) 소나 돼지를 밀도살하는 사람.

27) 낟알을 널어 말릴 때 쓰는 멍석.

28) 꿀.

29) 옛 설화 속에 나오는 키가 매우 작다는 난쟁이. (이동순, 『백석시전집』, 창비, 1987)

30) 한밤중.

31) 삿자리(갈대를 엮어서 만든 자리)의 가장자리.

32) 열매.

33) 납일. 매년 말 신(神)에게 제사지내는 날. 시대에 따라 날짜가 달랐는데 신라 때에는 12월 인일(寅日)을, 고려 문종 때에는 술일(戌日)을 납일로 정했으나 대체로 대한(大寒) 전후 진일(辰日)을 납일로 삼았다. 그러다가 조선시대부터는 대한 후 미일(未日)을 납일로 삼았다.

34) 납일에 내리는 눈. 이 눈을 받아 녹인 납설수는 약용으로 썼다. 납설수로 눈을 씻으면 안질에도 걸리지 않으며 눈이 밝아진다고 믿었고, 납설수로 장을 담그면 구더기가 생기지 않는다 하여 장을 담글 때도 사용·했다. (고형진, 『정본 백석 전집』, 문학동네, 2007)

35) 짚으로 엮은 이엉을 얹은 담.

36) 속이 우묵하고 위가 넓게 벌어진 큰 그릇.

37) 눈석임물. 눈이 녹아서 생긴 물.

38) 이질로 설사를 하는 배앓이 병.

39) 짐승의 어미.

40) 망아지.

41) '새하다'는 '나무하다'의 평안 방언.

42) 붕어찜.

43) 자벌레.

44) 달구. 땅을 다지는 데 쓰는 도구.

45) 귀신에게 비는 소리.

46) 핏발이 선.

47) 눈시울.

48) 일본의 가키사키 해안 도시.

49) 초저녁.

50) 색이 바랜.

51) 마구 쪼고.

52) 삼의 껍질을 벗기려고 삼을 찌는 일.

53) 벌배나무의 열매. 야생 배.

54) 찔배. 찔배나무(아가위나무, 산시나무)의 열매.

55) 함경남도 안변군에 있는 지명. 약수로 유명하다.

56) 갈대로 엮어 만든 아이들의 장난감.

57) 나무로 만든 뒤웅박.

58) 갓(冠).

59) 갓 같기도 하다.

60) 따지기. 이른 봄 얼었던 흙이 풀리려고 하는 무렵. 해토 무렵. (이동순, 앞의 책)

61) 여럿이 한곳에 모여 계속 떠들기에. 여기서 '멕이다'는 어떤 행위가 계속
이루어지는 상태를 뜻한다. (고형진, 앞의 책)

62) 장날 장터에 사람들이 붐비는 것.

63) 닭의 깃털을 붙여서 만든 올가미. (이동순, 앞의 책)

64) 새끼다랑치. 새끼줄을 엮어 만든 끈이 달린 바구니. (이동순, 앞의 책)

65) 소의원. 소의 병을 치료해 주는 사람.

66) 햇빛이 창구멍으로 들어올 때 바닥에 비친 쇠스랑 모양의 그림자.

67) 이리저리 떼로 모여들고.

68) 두멍잡혀오고. '둥구'는 '두멍'(물을 많이 담아두고 쓰는 큰 가마나 독)의
평북 방언. 곧 '둥구재벼오고'는 물동이를 안은 것처럼 돼지가 들려 오고
있는 모습을 표현한 것. (고형진, 앞의 책)

69) 뻔질나게.

70) 씨아. 목화의 씨를 빼는 기구. '타리개'라고도 한다.

71) 땅을 가는 데 쓰는 농기구.

72) 이즈 지방의 항구도로. '이두국'은 이즈반도 지방을 가리키며, '주가도'는
'항구의 큰 도로'라는 뜻이다. (고형진, 앞의 책)

73) 땅불.

74) '낫다'(나아가다)와 '대들다'가 결합된 말로, '바로 들어갔다', '대뜸
들어갔다'는 뜻. (고형진, 앞의 책)

75) 눈이 환하게 부신.

76) 세반. 찐 찹쌀을 말려서 잘게 부스러뜨린 가루. 산자 따위에 묻혀서 먹는다.

77) 길마. 짐을 싣거나 수레를 끌기 위하여 소나 말 따위의 등에 얹는 안장.

78) '화라지'는 옆으로 길게 뻗은 나뭇가지를 땔나무로 이르는 말. 땔감으로
마련한 다발.

79) 성질이나 기세가 억센.

80) 잔풍(殘風)하니. 바람이 잔잔하게 부니.

81) 쑥부쟁이.

82) 갯메꽃.

83) 뱁새.

84) 오막살이.

85) 돋보기.

86) '보드랍고 매끄러운'이라는 뜻의 평안 방언. (고형진, 앞의 책)

87) 변소.

88) 함경도에서 '달재'라고 부르는 이 생선은 양태를 가리킨다. 호남에서는 '장대'라고 하고, '달강어'로 부르는 지역도 있다.

89) 이남박. 쌀 따위를 씻어 일 때에 돌과 모래를 가라앉게 한다.

90) 바닷가에 사는 갈매기과 조류로 몸집이 비교적 작은 쇠제비갈매기로 추정된다. '비얘고지'는 이 작은 새가 '비우이비우이'하고 우는 울음소리를 표현한 것으로 보인다.

91) 대모갑으로 만든 풍잠.

92) 응달.

93) 무릎을 치며 좋아하고.

94) 증조할머니.

95) 뜯어진 헝겊 조각.

96) 베 조각.

97) 짚으로 엮어 만든 작은 그릇.

98) 꾸러미.

99) 성글게 엮어 짠.

100) 영동. 기둥과 마룻대.

101) 거위.

102) 법석대며 떠들어대고.

103) 아직 다 자라지 못한 송아지.

104) 씰룩거리는 모양.

105) 분수없이 함부로 까부는데.

106) 푸르고 시원한 언덕.

107) 큰 마마. 천연두.

108) 작은 마마. 수두.

109) 어린아이들이 치르는 홍역 따위의 병.

110) 세상 물정도 모르고. 뭐가 뭔지 모르고.

111) 반찬.

112) 야생마.

113) 악을 쓰며 대드는 짓.

114) 어린아이들이 떼쓰는 짓.

115) 베어주고.

116) 어린아이가 자면서 오줌똥을 가리지 못하고 마구 싸서 자리를 온통 질편하게 만들어 놓는 일. 이 시에서는 오줌이 몹시 마려운 상황을 의미함. (이숭원, 『백석을 만나다』, 태학사, 2008)

117) 장괘자. 중국식 긴 저고리.

118) 만두 모양의 모자.

119) 비말이한. 비에 흠뻑 젖은.

120) 반나절.

121) 배웅.

122) 여기서부터 동북 방향으로 회천까지 팔십 킬로미터.

123) 수꿩.

124) 떡덩이.

125) 방이나 마루 앞에 신발을 올리도록 놓아둔 돌.

126) 평북 정주 지방의 토속적인 제사 풍속으로 5대 이상의 조상 제사를 차손이 맡아서 지내는 것을 뜻하는 말. (이동순, 김문주, 최동호, 『백석문학전집1 ― 시』, 서정시학, 2012)

127) 대머리.

128) 오얏망건.

129) 망건 등을 쓸 때 뒤통수 쪽을 세게 눌러서 망건편자를 졸라맴.

130) 제사 음식 물리기 전에 잠시 문을 닫거나 병풍으로 가리는 일.

131) 의젓하고 단정하게.

132) 노자가 함곡관을 지날 때 가르침을 묻는 함곡관 관리에게 오천 자의 도덕경을 써서 주었다는 고사를 담고 있는 말. (고형진, 앞의 책)

133) 다섯 말의 쌀이라는 뜻으로 얼마 안 되는 봉급을 이르는 말. 중국의 도연명이 현령으로 있을 때 오두미 때문에 허리를 굽힐 수 없다며 사표를 내고 귀거래사를 읊으며 전원으로 돌아갔다는 데서 유래한 말. (고형진, 앞의 책.)

134) 옆차개. 허리에 차고 다니는 주머니.

135) 흥안령, 음산은 중국 동북부에 있는 산계와 산맥.

136) 송화강.

137) 오로촌족. 중국 동북 지방에 거주하는 소수민족.

138) 멧돼지.

139) 솔론족. 중국 동북 지방에 거주하는 소수민족.

140) 거위.

141) 중국 길림성 장춘시에 있는 마을 이름.

142) 밭 언저리의 풀이 나 있는 둑.

143) 돼지벌레. 잎벌레.

144) 울음소리를 내고. (이숭원, 앞의 책)

145) 짚등석. 짚이나 칡덩굴을 엮어 만든 자리.

146) 목탄.

147) 귀하게 여기고.

148) 미나리아재비꽃. 이우철의 「남북한의 식물기재용어 및 식물명의
    비교」(『한국식물분류학회지』, 22권 1호, 1992)를 보면 남한의 미나리아재비과
    식물을 북한에서는 바구지과로 분류하고 있음을 알 수 있다.

149) 폭죽.

150) 빗살 사이. (이동순, 김문주, 최동호, 앞의 책)

151) 뭉쳐지는. (이동순, 김문주, 최동호, 앞의 책)

152) 화롯불.

153) 황해도.

154) 지운(地運)귀신. 땅의 운수를 주관하는 귀신.

155) 굴뚝.

156) 짚으로 엮은 이엉을 얹은 지붕.

157) 철륭귀신. 집터와 장독대를 주관하는 귀신.

158) 저녁 무렵.

159) 동주. 구리로 만든 기둥. (이동순, 김문주, 최동호, 앞의 책)

160) 가구를 만들 때 사개에 덧붙여 가구를 더욱 튼튼하게 하는 나무.

161) 갈대가 많이 난 곳.

162) 툇마루.

163) 밭이나 논의 가에 있는 둑.

164) 만만한. 무르고 보드라운.

백석, 중용의 시학

안도현

　백석은 고등학교 국어와 문학 교과서에 김수영과 함께 가장 많은 시가 실리는 시인이다. 또한 현역 시인들을 대상으로 한 설문조사에서 백석의 시집 『사슴』은 "우리 시대 시인에게 가장 큰 영향을 끼친 작품"으로 선정되기도 했다. 그동안 백석을 다룬 단행본과 각종 논문이 발표된 것만 해도 1000여 편에 육박한다. 이것만 봐도 백석의 시와 삶에 대한 학계와 문단, 그리고 독자들의 관심이 얼마나 폭발적인지 짐작할 수 있을 것이다.

　1987년 이동순이 『백석 시전집』을 엮어 출간하기 전까지 백석은 일반 독자들이 '읽을 수 없는 시인'이었다. 그 1년 뒤에 정부에서는 부랴부랴 납북·월북 작가들에 대해 공식적인 해금조치를 내렸고, 이로써 분단으로 인해 매몰되었던 작가와 시인들이 우리 곁으로 돌아올 수 있었다. 더구나 백석은 자신의 사상적인 신념에 따라 남에서 북으로 이동해 간 월북시인이 아니다.

　1912년 평안북도 정주에서 태어난 백석은 오산고보를 졸업하고 일본에서 유학한 후에 서울로 돌아와 《조선일보》에서 기자로, 함흥 영생고보에서는 영어교사로 지냈다. 1940년부터는 중국의 만주 일대를 떠돌다가 1945년 광복과 함께 부모가 있는 고향으로 돌아갔다. 북한 정권이 세워진 뒤에 잠시 문단 활동을 했으나 결국은 사회주의 체제에 적응하지 못하고 평양에서 쫓겨나 농사꾼으로 말년을 보낸 비운의 시인이었다. 분단 이후 수십 년 동안 그는 남과 북 어느 쪽에서도 문학사적으로 인정을 받지 못했다.

1936년에 100부 한정판으로 간행된 시집 『사슴』에 대해
김기림은 "외모와는 너무나 딴판인 그의 육체의 또 다른
비밀에 부딪혔을 때 나의 놀람"으로 표현했다. 겉으로는 철저히
향토적이지만 "모더니티를 품고" 있는 점에 주목했던 것이다.
그리고 박용철은 백석의 시에 무수히 나타나는 "그 수정 없는
평안도 방언"에 각별한 의미를 부여하면서, "모어(母語)의 위대한
힘"을 시에 끌어들여 시적 정체성을 확립하고자 한 점을 높이
샀다. 당시 중국 룽징의 광명학원 중학부에 다니던 윤동주는 이
시집을 빌려 전편을 노트에 필사하고 감상을 메모했다. 이에 반해
사회주의 리얼리즘의 세례를 받은 임화와 오장환은 백석의 시를
가혹한 비판의 도마 위에 올려놓기도 했다.
　　1960년대 초에 와서 유종호는 백석의 「남신의주 유동
박시봉방」이 "높고 처절한 격조를 이룬 페시미즘의 절창"이라고
평가했고, 이 시를 가리키면서 1970년대에 김현은 "한국시가
낳은 가장 아름다운 시의 하나"로 극찬을 아끼지 않았다.
1980년대 이후 백석에 대한 연구는 봇물 터지듯 쏟아져 나왔다.
이동순, 이숭원, 박태일, 고형진, 김재용, 이경수 등 다수의
연구자들이 백석의 시를 엮어 세간에 알리거나 평가에 앞장섰다.
　　이들은 백석이 모국어의 방언에 주목하면서 민족적
주체의식을 표현했다는 점, 북방 정서를 바탕으로 민속적
상상력을 펼치면서 특히 음식에 주목한 점을 백석 시의 특징으로
거론하였다. 그리고 이야기가 담긴 언술 방식이나 독특한 통사
구조를 분석하고 시어를 해석하는 방법에 이르기까지 실로
다양한 연구를 시도하였다. 2015년에 고형진이 펴낸 『백석 시의
물명고(物名攷)』는 장장 1000페이지가 넘는 분량으로 백석의
시어를 사전식으로 분류해 놓은 역작이다.
　　이러한 열광을 백석은 짐작도 하지 못했을 것이다. 백석은
시인으로서 역사의 가파른 고비에서 고민을 거듭하던 전형적인
경계인이었다. 그는 일본에서 습득한 모더니즘의 문법을 시의

창작기법으로 삼으면서도 식민지를 살아가는 조선 민중의 전통적인 생활상에 시의 카메라를 들이댔다. 넥타이를 매고 멋진 정장 차림으로 광화문을 활보하는 모던보이였지만 고향의 가난한 부모 앞에서는 유약하기 그지없는 아들이었다.

백석은 일본어, 영어를 비롯한 외국어에 능통한 사람이었다. 하지만 그는 일본어로 된 시를 단 한 편도 남기지 않았고, 오히려 고향인 관서지방의 방언을 의도적으로 활용해서 시를 썼다. 해방 전에 백석은 특정한 문인단체에 가입한 적이 없다. 일제 말인 1943년 좌우 문인들이 대다수 참여했던 조선문인보국회 회원 명단에도 그의 이름은 빠져 있다. 1941년 조선어로 된 잡지 《문장》과 《인문평론》이 4월호로 강제 폐간된 이후, 백석은 일체의 창작 활동을 접고 만주 일대에서 은둔에 들어갔던 것이다. 물론 그는 일제에 협력하는 친일 작품을 쓰지도 않았다.

극단적인 것들이 첨예하게 대립할 때 어느 한쪽으로 치우치지 않는 태도가 중용(中庸)이라면, 백석의 삶과 시를 우리는 '중용의 시학'으로 부를 수 있을 것이다. 이러한 자세는 조금이라도 넘치거나 모자라는 게 없어야 가능하고, 삶에 대해 자신감이 충만할 때 그 균형을 잃지 않는다. 우리가 여전히 백석을 주목하고 그의 시에 매료되어 있는 까닭은 그가 식민지 조선의 지식인으로서 매우 균형감 있는 삶을 살았기 때문인지도 모른다. 게다가 시인의 낭만주의적인 태도와 여성적인 어조가 마치 시의 본령처럼 왜곡되어 있는 현실을 감안하면 백석의 시가 주는 울림은 한국시의 전통적 본류를 형성하는 데 모자람이 없다.

이 시선집 『사슴』에서는 백석의 시에 대한 총체적인 이해를 돕고자 북한에서 발표한 시와 동시들을 포함시켰다. 해방 후 북한에서의 문학 활동에 대해서는 우리 학계와 문단에서 애써 외면하려는 기류가 엿보이는 것도 사실이다. 현재 우리의 잣대로만 본다면 백석의 북한 시편은 사회주의 이데올로기와 김일성 체제에 함몰된, 일고의 가치도 없는 작품일 수 있다.

실제로 백석은 북한에서 한국전쟁 후 초기 김일성 유일사상이
확립되는 과정에서 목적의식이 과하게 두드러진 작품을
발표했다. 우리는 한 체제가 시인의 상상력을 어떻게 통제하는지,
생존의 기로에 선 시인이 그 시대와 어떻게 타협하고 불화하는지,
이를 통해서 잘 확인할 수 있다. 그렇다고 해도 백석의 인간적인
고뇌까지 외면할 수는 없는 노릇이다.

백석은 1957년 전반기까지 조선작가동맹 기관지《문학신문》의
편집위원을 맡는 등 북한 문단에서 왕성하게 활동을
펼쳤다. 그러다가 그해 몇 편의 동시와 평론을 발표하면서
김일성주의로 무장한 강경파 그룹에 의해 격렬한 비판을
받았고, 1959년에 양강도 삼수군 관평리 농장으로 쫓겨 가게
된다. 이후 1962년부터는 모든 창작 활동이 정지되고, 1996년에
시골에서 고요히 눈을 감는다. 「아동문학의 협소화를 반대하는
위치에서」라는 평론의 제목처럼 백석은 문학에서 사상성이나
계급성보다 예술성과 상상력이 중요하다는 주장을 펼쳤다.
어떻게 보면 백석은 북한 문단의 마지막 문학주의자였는지도
모른다. 따라서 생존의 절박한 환경에서 작품 활동을 했던
백석의 시편들이 현재 우리의 입맛에 맞지 않는다고 내팽개칠
일은 아니라고 본다.

백석의 시를 읽으면 낯선 방언 앞에 주춤거리게 된다는 말을
많이 듣는다. 이제까지 나온 대부분 백석 관련 시집들은 이해를
돕기 위해 친절하게 텍스트 바로 아래 각주를 단 경우가 많았다.
우리가 시를 읽을 때 '이해'보다 먼저 '느낌'을 중시해야 한다는
점을 고려한다면 지나친 배려라고 할 수 있다. 한 편의 시를 읽을
때 시하고 정면으로 대결하는 자세도 필요하다. 그래서 시어에
대한 풀이는 이 시선집의 맨 뒤쪽에 배치했다.

백석은 시인으로서 역사의 가파른 고비에서 고민을 거듭하던 전형적인 경계인이었다.

세계시인선 15   사슴

1판 1쇄 펴냄 2016년 5월 19일
1판 5쇄 펴냄 2021년 11월 18일

지은이   백석
엮은이   안도현
발행인   박근섭, 박상준
펴낸곳   (주)민음사

출판등록   1966. 5. 19. (제16-490호)
주소   서울시 강남구 도산대로1길 62
            강남출판문화센터 5층 (06027)
대표전화   02-515-2000   팩시밀리 02-515-2007

www.minumsa.com

ⓒ 안도현, 2016. Printed in Seoul, Korea

ISBN 978-89-374-7515-3 (04800)
      978-89-374-7500-9 (세트)